ハヤカワ文庫 SF
〈SF2042〉

宇宙英雄ローダン・シリーズ〈511〉

アルキストの英雄

H・G・フランシス＆エルンスト・ヴルチェク
シドラ房子訳

早川書房

7686

PERRY RHODAN
DER UNSICHTBARE GEGNER
DER HELD VON ARXISTO
by
H. G. Francis
Ernst Vlcek

Translated by
Fusako Sidler
First published 2015 in Japan by
HAYAKAWA PUBLISHING, INC.
This book is published in Japan by
arrangement with
PABEL-MOEWIG VERLAG GMBH
through JAPAN UNI AGENCY, INC., TOKYO.

目次

アルキストの英雄

ハルト人の暴走

H・G・フランシス

登場人物

ペリー・ローダン……………………宇宙ハンザ代表
フェルマー・ロイド…………………テレパス
イホ・トロト…………………………ハルト人
ブルーク・トーセン…………………惑星ジャルヴィス＝ジャルヴの輸入管理官
アディソン・アプティグローヴ………テラニアの若い芸術家
マーリン・サンダース………………アプティグローヴの恋人
ガレット・アグレント………………レストラン経営の老人
ロバート・アーチボールド…………美術商
ジャーノン・エック…………………惑星コインツェン出身のもと警察官
アンジェラ・ゴア……………………テラニアへの観光客

1

とんでもない災《わざわ》いが近づいている……アディソン・アプティグローヴは、はっきりとそう感じた。

いつも予感を重視している。この点で超能力のようなものを持っていると感じることもよくある。というのも、予感したとおりになったことが何度もあるからだ。

道路に出ると、心を決めかねて立ちどまった。風が吹いて、霧雨が顔にあたる。雲がたちこめて太陽は見えない。それでも、ガルブス地区の道路は一種独特の光に満ちていた。わずかな陽光が厚い雲を通り、踏み減らされた敷石を神秘的に照らすからだろう。

ズボンのポケットに両手をいれ、アパートメントから百メートルほどはなれたレストランに重い足を向ける。年老いたガレット・アグレントが、テーブルの下に落ちているプラスティックや紙くずをほうきで掃きよせていた。老人は何色ともつかないよれよれのズボンとシャツを身につけ、つばのひろい帽子をかぶっている。アディソンは日よけの下に立ち、店のドアがまだ施錠されているのに気がついて、顔をしかめた。ガレットは若い芸術家に向かい、笑みを浮かべて、

「機嫌が悪いな。追いだされたのかね？」

老人がいうと、アディソンはかぶりを振った。

「外に出たくなっただけだ。これ以上、家に閉じこもっているのががまんできなくて」

「腹は減ってるか？」

「相《あ》いかわらず同じ質問だな」

アグレントは椅子に腰をおろし、ほうきを膝にのせた。

「よかったらパンがあるぞ」

「金がないんだ」

「きみは芸術家としては独創的で刺激的だが、自分の経済状態となると単調きわまりないな。答えはいつも同じじゃないか」

できるなら違う返事をしたい、と、アディソンも思う。だが、絵画や彫刻がまずまずの値段で売れないかぎり、金は手にはいらない。

ガレット・アグレントはため息とともに立ちあがってレストランの鍵を開け、まもなく湯気のたつコーヒーカップとオープン・サンドイッチを持って出てきた。

「うまく交渉したけりゃ、まず腹ごしらえ。でないと、でぶのアーチボールドに一杯食わされるぞ」

アディソンは礼をいって朝食をとった。最後に食事をしてから、もうずいぶんたっている。テラにきたのは七週間前。その前はテラから二千光年はなれた惑星に住んでいた。そこでは、えり好みのはげしい芸術家は仕事嫌いの半端者《はんぱもの》としてあつかわれた。宇宙ハンザの社会福祉法により、生活費をうける権利を持っているにもかかわらず、アディソンは国からの援助という援助を拒否している。そうしたものに縛られていては、芸術性をのばせないと考えたからだ。唯一の例外としてうけいれたのが、アパートメントだった。アトリエがなくては仕事にならない。

アディソンは黒い巻き毛を額からはらいながら、ルームシェアの相手であるマーリン・サンダースのことを考えた。

マーリンはコンピュータに男と登録されている。奇怪なミスだが、訂正できないらしい。

「どうしようもないわ」アパートメントのドアを開けながら、マーリンはいったもの。「もう何カ月も前から、ばかなコンピュータにいってるのよ、わたしは女だって。でも、これまで成果なしだった」

そのときアディソンは、踵《きびす》を返して逃げだしたい気持ちにかられた。だが、外は土砂《どしゃ》降《ぶ》りのうえ、すでに全身ずぶぬれだった。そこで、アパートメントに通されると、抵抗するのをやめた。

マーリン・サンダースは黒っぽい目をしたとてもかわいい女で、褐色のストレートヘアを腰のあたりまで垂らしていた。初対面のときは着崩れたパンツとだぶだぶのセーター姿だった。そのよそおいはいまも変わっていないが。服にしみがたくさんついているところを見ると、手を服でぬぐうくせがあるのだろうと思われた。ぞんざいな身なりにもかかわらず、スタイル抜群であることをアディソンは見のがさなかった。

「どうぞ、はいって。ぬれた服、脱いだほうがいいわよ」マーリンの口調には屈託がなかった。手狭なアパートメントをこれから見知らぬ男と共同で使うことになると、わかっていないのだろうか。「気をつけないと、インフルエンザになっちゃう」

ほんとうにラッキーだった。そう思うと、顔がほころぶ。官僚みたいに頑固なコンピュータのおかげか。

「どうした？」ガレット・アグレントに訊かれて、アディソンはわれに返った。「マーリンに追いだされたんでなきゃ、なんで朝早くからぼんやりしてるんだ？」

アディソンはコーヒーを飲みほし、サンドイッチののこりを口にいれた。

「美術展にはなにがあっても作品を出せって、彼女にいわれた」

「それは正しいことだ」

「どうだか」

アディソンは美術展会場の方向に目を向けた。会場はテラニア・シティ西部のひろい高台にある。はるか彼方の惑星の、すでに崩壊した文明に由来する浮遊彫刻が、会場入口を飾っていた。

「あそこに展示されるのは有名な芸術家の作品だ。だけど、わたしはまだ一枚の絵さえ売れてないから」と、若者。

ガレット・アグレントはほうきをわきに置いた。

「聞き捨てならんな、アディソン。だって、きみの絵をすくなくとも二十枚は買った男がいるだろう。知ってるんだよ。なにしろ、その絵がわが家にあるんだからな」

「百年たってもそのままあるだろうさ。埃だらけで価値もなくなって」

アディソンがテラにやってきたばかりのころから、ガレット・アグレントはこの若者をかわいがっていた。年金暮らしのレストラン経営者だが、アディソンの初期の絵画数枚にかなりの値段をつけたので、若い芸術家はそのときの収入で当座の出費をまかなうことができた。ところが、アグレントのほうは火の車となる。商売に失敗して多額の借金をかかえたのだ。月々の返済で年金がほとんど消えるため、いくつかの店でウェイターのアルバイトをしたり、町の道路掃除をしたりして小銭を稼いでいた。アグレントにとってさいわいだったのは、芸術家地区の独特な雰囲気が壊れるという理由から、清掃ロボットを使いたがらない店主がかなりいることだ。

「きみは頑固だよ、アディソン・アプティグローヴ。でぶのロバート・アーチボールドと話したんだがな、きみと契約する気があるといっていたぞ。作品を何点か、若手芸術家部門に展示してもいいと。なにが気にいらない？」

「まだそんな段階じゃないよ」

アディソンがためらいがちに答えると、アグレントは黙って相手を見つめた。

「もう充分だ」しばらくしてから老店主はいい、コーヒーカップと皿をどけた。「まさか、きみがいつまでもすみっこにかくれているのをよろこんで見るために、わたしが芸術家のパトロンをしているとは思わんだろう？　さっさとロバート・アーチボールドのところに行くんだ。尻をたたかれたいか」

アディソン・アプティグローヴは悲しげな笑みを浮かべた。

パトロンというのはちょっと違う。ガレット・アグレントが作品を数点購入してくれたおかげで、なんとか生活しているが、それでは芸術の才能を自由にのばすことはできない。アディソンは老人を安心させるため、腰をあげた。

「わかった。これから行くよ」

アグレントはその肩に腕をかけた。

「さ、きみの大成功のはじまりだ。だれが美術展を見にくるか、想像もつかんだろう。

ことによると、ペリー・ローダンやジュリアン・ティフラー、イホ・トロトといった宇宙ハンザの大物もくるって噂だ」

ハルト人の名前を聞いて、アディソンははっとした。イホ・トロトにとても心を惹かれているのだ。トロトに献呈《けんてい》した作品がいくつかあるし、絵や彫刻のモデルにもしている。だが、会ったことはまだない。美術展でトロトに会えるかもしれないと思うと、すぐに決心がついた。

それに、美術展への出展を見送れば、マーリンだって理解してはくれまい。そう思ったとき、マーリンとの衝突が心によみがえった。

〝あなたは自信がなさすぎる！〟と、責められたのだ。マーリンのいうとおりだった。

「ごちそうさま」アディソンは両手で髪をうしろになで、すりきれたセーターを下にひっぱった。「アーチボールドはもう起きているかな」

ガレット・アグレントの顔に笑みが浮かぶ。

「ロバート・アーチボールドは朝四時に起きて、夜遅くまで働いている。商売になりそうだと感じたら、きみのために時間をとるさ」

アディソンは両手をポケットにいれて、雨の降る戸外に出た。

＊

イホ・トロトは、自分に対して大きな不満をいだいていた。美術展でのスピーチを承諾したことを後悔している。美術展はテラニア・シティ郊外のガルブス地区にある哲学者および芸術家の町でまもなく催され、その会場で近代芸術の傾向について意見を述べることになっているのだが。

このところ、人前に出るのがいやでしかたない。ひとりで瞑想するほうを好んでいる。だが、不満の原因を探りだすことはできなかった。広大な宇宙へと脱出し、しばらく無人の惑星で生活して、あらゆる影響から解放されたいと強く願っていた。

テラニア・シティにあるアパートメントの部屋を出る。クロノグラフを見ると、NGZ四二四年十月十五日、午前七時三十二分をしめしていた。

美術展でのスピーチまで、あと数時間。

不機嫌に視線を下に向け、赤い戦闘服になぞらえて仕立てた衣装を見おろす。そのほうが美術展来場者の心に印象が長くのこるだろうから、と、主催者にたのまれたのだ。

反重力リフトで下降していく。

トロトは心の声に耳をかたむけた。

なにかがいつもとは違っている。

建物をとりかこむ庭園につくと、待ちかまえていた巡航宇宙船の観光客が歓声をあげた。ヴィデオ・カメラを向けてくる。

イホ・トロトはきれいにならんだ円錐状の歯を見せ、四本腕の一本をあげて応えた。旅行代理店が宇宙ハンザの名士を観光アトラクションに使うことがときどきあるので、応対は慣れている。一分ほど観光客の相手をしたが、そのさい、からだがすこしふらついた。不安をおぼえ、ふたたび心の声に耳をかたむける。どうして自分を充分にコントロールできないのか、わからなかった。だが、騒ぎを起こしたくなかったので、向きを変えて迎えのグライダーに乗った。

ドアがスライドして閉じる。そのとき、トロトは強い衝撃を感じた。

*

「だめだ。いま会議中なんだ」ロバート・アーチボールドは不愛想にどなった。

アーチボールドは、モニター・スクリーンにうつった苦行僧のような顔に、拒絶の視線を向ける。ここ百五十年でもっとも盛大な美術展のオープニングをひかえているのだ。これほどまぎわになってじゃまされたくはない。

「すみませんでした。申しわけありません」アディソン・アプティグローヴと名のった若い男が、おずおずという。

そのとき、褐色の髪の若い女が男を押しのけた。怒りをたたえた目を光らせ、

「申しわけなくなんかないわよ」と、マイクロフォンに向かって声をはりあげる。「こ

の人はあなたと話があるんです。出展するものがあるんだから。会議中だなんて、嘘でしょう。さ、開けてください」

アプティグローヴが唖然として女の顔を見つめている。ここで彼女と会うことは、完全に予想外だったらしい。

ロバート・アーチボールドは好奇心をそそられた。

「わかった。はいりなさい」

アーチボールドは立ちあがり、雑然と散らかった執務室をあとにした。執務室には複数の芸術家の作品が置かれ、デスクの両側には雑誌や本が天井すれすれまで積まれている。そのそばに、大昔の飛行機や乗り物のミニモデルが百個以上もあった。

ロバート・アーチボールドは、身長二メートル以上、体重は百五十キログラム近くある巨漢で、異星での病気が原因の傷跡を濃い髭《ひげ》でかくしていた。青い目はぶあつい眼鏡のせいで実際よりも大きく見える。コンタクトレンズはうけつけないし、圧縮フィールド・プロジェクターの装着も拒否していた。このプロジェクターを使えば、レンズを通して見たのと同効果のエネルギー・フィールドが目の前に展開されるのだが。

ロバート・アーチボールドは、訪問者ふたりをなかに通すようロボットに指示をあたえると、軽い食事をとるためにダイニングルームに向かった。ほんとうの目的は、若い男女を待たせることだった。こちらがあまり関心を持っていないという印象をあたえられれば、ビジネスパートナーとなるべき相手がひるむことを知っているからだ。

アーチボールドはステーキをたいらげると、訪問者の待つ応接ホールに向かった。男三人とロボット五体が美術展の準備中で、絵画を壁からはずして反重力プレートにのせたり、ノルガン＝テュア銀河で制作された塑像をエネルギー・フィールドから外に出したりしている。それにもかかわらず、ホール内はひっそりとしていた。

「それでは、手みじかにすませよう。時間がない。美術展はまもなくはじまる。じつのところ、作品をうけつけるのはもう遅すぎるんだ」ロバート・アーチボールドのいったことは、真実に反していた。美術展規約には、開催中もあらたな展示品をうけいれるとなっている。

だが、アーチボールドはビジネスマンだ。かれの興味はできるだけ金を儲けることにある。ことビジネスに関しては、感情というものを知らない。かれが交渉相手に対して優位に立てるのも、そのためだ。

アーチボールドの尊大な態度に、アディソン・アプティグローヴはおじけづき、意気ごみをなくした。一方、マーリン・サンダースの反応はそれとは違い、かえって意欲をかきたてられた。頭を大きく振って髪をうしろにはらい、細い顔を緊張させ、目には炎を燃やしている。マーリンがひと言も話さないうちから、アーチボールドは彼女に敬意をおぼえた。つまり、マーリンはとっさに正しく行動したのだった。ロバート・アーチボールドのような男が感銘をうけるのは、相手に自分と同じ非情さと頑固さを見たときにかぎられる。

「わかったわ。手みじかにしましょう。アディソンの才能、あなたはとっくにご存じのはず。かれの作品が展示されるべきだってことも。アディソンは出展してもいいといってます。いますぐ決心してください」

さもないとほかの美術商にあたるわよ、という脅しは口に出さなかったが、それでも充分に迫力があった。

「たしかに」アーチボールドのちっぽけな目が満足そうに光る。「アディソンはいいものをもっている。それだけでも悪くない。バイヤーのひとりやふたりは見つかるだろう。絵が一枚売れれば、かれにとっては万々歳だし、こちらにも余禄がはいる。だがな、わたしは長期的に考えるんだ。長期的な仕事でないとものにならない。違うか？」

相手の戦術を見ぬいたマーリンは、本題からそれることなくつづけた。

「あなたは抜け目ない人だって聞きました。契約書はどこですか？　手みじかにすませるんでしょう」

すさまじい意欲だった。アーチボールドは笑い、腕をオフィスのほうにのばした。

「こっちだ。どうやら商談成立らしいな」

ここからが交渉のもっとも困難な部分で、マーリンにも歯がたたなかった。こうした契約の経験がないからだ。アーチボールドは契約上のトリックを使い、画家にとってはなはだしく不利になるようはからったのだが、若いふたりにはそれがわからない。

やった、と、マーリンは思った。アディソンの作品を何点か出展することになっただけでも満足だった。なにしろ、銀河系全域から集まる来場者の目に触れるのだから。何千という才能ある芸術家が達成できないでいる快挙を達成したのだ。

アディソン・アプティグローヴには、マーリンとアーチボールドのすることに口をはさむ勇気はなかった。自分はほとんどなにもしていない。大きな障害を乗りこえたことを誇りに思う一方で、おのれへの疑念や不安のほうがもっと大きかった。できることなら、あともどりしたい。なぜなら、プロの批評家の目にはじめてさらされるわけで、どんな反応があるか心配だったからだ。

それでも、かれのよろこびは大きかった。自分の作品を人々に見てもらいたいという欲求があるからだ。これがマーリンの強力な肩いれのおかげだということも、かれにはわかっていた。

こうして、アディソンはなりゆきにまかせた。これがベストなのかもしれない、と考えたから。それに、ネガティヴな批評をうければ、芸術家として実際にどの程度なのかがわかるのだから。

マーリンはアディソンの腕をとってひきよせ、誇らしげに見あげると、

「よかった。大成功になるわよ」と、小声でいった。

2

同じツアーグループの客がイホ・トロトをとりかこむようすを見て、ジャーノン・エックは愉快さと軽いさげすみの混じった気持ちになった。自分もトロトと面識があるとはいえないが、それでも偶然に何度も会ったし、すぐそばで観察したこともある。

観光客がなぜそんなによろこんでいるのか、よくわからない。エックはエシュカン星系の第四惑星コインツェンで、長年にわたって警察官をつとめた。きびしさと信頼性では定評があった。戦火をくぐりぬけた経験を持ち、それ以来、一人前の男になったと自負している。

ほかの観光客の騒ぎが、ばからしく感じられた。イホ・トロトのような著名人に会って、その姿をポジトロン映像にとらえたからといって、それがなんになるのだ？　エックにはどうでもいいことだった。

それでもこのツアーに参加したのは、巡航船にのこるよりもテラニア・シティ郊外をハイキングするほうが、退屈がまぎれると考えたからだ。それに、ブロンドのアンジェラ・ゴアもいる。アンジェラはほとんど撮影マニアで、すてきに見えるものはかたっぱしからヴィデオにおさめていた。いい女だなと思ったし、彼女のほうもまんざらではなさそうだった。

庭園に立つイホ・トロトにカメラを向けるアンジェラを、エックは笑いながら追う。だが、ハルト人の姿を見たとき、エックの顔から笑みが消えた。

なにかがおかしい。いつもとようすが違うのだ。

イホ・トロトの巨体がふらついている。酔っぱらっているようにも見えるが、トロトはいくら飲んでも酔わないことを、エックは知っていた。

イホ・トロトは挨拶をしてから観光客の前にしばらく立っていたが、おや、と思うほど急いでグライダーに乗りこんだ。すると、巨体が殴られたかのように上に跳ね、グライダーのハッチが音をたててはずれた。

トロトはわめきながら横を向き、四本の手で頭を押さえた。それから腕を振りまわしてグライダーを打ちつける。グライダーはまるで紙でできているかのように破壊された。トロトは、あえぎながら残骸をその場に落とし、やにわに走りだした。その姿は近くの建物の角に消え、追いかけるひまもなかった。

「気でも違ったか」ジェラルド・メイヤーが大声を出す。はげ頭で太った観光客の男だ。

「一部始終を撮影したから、家に帰って再生したら、みな驚くだろうさ」

「どうしたのかしら、あの人」ジャーノン・エックが好意をいだいているブロンドの女、アンジェラ・ゴアがいぶかしげに首を振った。「ぐあいが悪いとか？」

アンジェラは期待をこめてエックを見た。エックは、このなかでイホ・トロトをいちばんよく知っているのは自分だといっていたから。

「なあに、ハルト人は飲みすぎたんだよ」そういったのは黒髪の男だが、エックは名前を知らなかった。男は、昔からの親しい友であるかのようにアンジェラの腰に腕をまわす。

アンジェラは怒って身をよけた。

ジャーノン・エックはすばやく男に一歩近より、飾りたてたシャツの襟をつかむと、こぶしで顎を殴った。男が地面に倒れると、エックはすかさず上から押さえて、平手打ちを二発お見舞いした。

「これでわかっただろう。ずうずうしいまねは二度とするな」

黒髪の男が身を起こす。唇のあたりまで蒼白で、眉毛は非常に濃く、両目が埋もれそうだ。男は顎をさすった。

「この借りは、かならず返す。オリアノ・バージェスの顔にげんこつをあてるとは」

男は名刺を投げたが、エックが無視したので、かわりにアンジェラがひろいあげた。

どちらかというと好奇心からだ。その顔に皮肉な笑みが浮かぶ。

「オリアノ・バージェス伯爵……またの名をガータ・デ・リセルク、マスター・オブ・ケイター、スキット・デ・ロジェ。あら、すごく高貴な方なのね！　知らなかったわ、ツアーグループにそんな人がいたなんて」

巡航船のツアー客が、女ひとりと男ふたりのまわりに集まってきた。イホ・トロトの奇妙なふるまいのことはもう頭になく、目の前で展開する嫉妬劇にすっかり気をとられている。敵対するふたりをヴィデオにおさめている人もいる。

「もう一度殴ってくれよ」と、ジェラルド・メイヤー。「あんまり速すぎて、撮りそこなった」

アンジェラは笑った。

「《ザナドゥ》の船内でふたりに格闘を演出してもらったらどうかしら。わたしにできることがあれば、よろこんでお手伝いするんだけど」そういうと、もう一度笑ってジャーノン・エックの腕をとり、行きましょう、と、うながした。

「忘れてた」ジェラルド・メイヤーが両手を打つ。「イホ・トロトはどこに行った？」

メイヤーはトロトが消えた角に向かった。ほかのツアー客もあとにつづく。だが、すぐにがっかりしてもどってきた。

「どこにもいないな。もっと気をつけるべきだった」と、メイヤー。

ジャーノン・エックは、どうでもいいというしぐさをした。アンジェラと木かげに立って、ツアー客が次々とグライダーに乗りこんで次の観光地へ飛びたつのを無関心に見守る。言葉をかわさなくても、アンジェラの考えていることがよくわかった。イホ・トロトを追跡して、ようすをできるだけ知りたいのは、彼女も同じらしい。

ほかのツアー客がいなくなると、ふたりはイホ・トロトが消えた角まで足を運んだ。そこには、ハルト人のいたしるしがあった。柔らかい地面にのこされた痕跡は、かつての警察官の目には明らかだ。訓練されていないツアー客の目には見えなかったのだろう。

「行こう。時速百キロメートルで移動しているのでなければ、じきに見つかる」

エックの考えはあたっていた。

二キロメートルほど歩くと、ちいさな茂みに行きあたった。町のふたつの地区の中間に位置する緑地帯だ。噴水のそばに赤い巨躯《きょく》が見えた。腕を上にあげた格好で、動かずに立っている。

「もしかすると、分子構造を転換させているのかもしれない」と、エックが小声でいう。

「撮影してくれ」

アンジェラは無言でヴィデオ・カメラをかまえ、ハルト人を撮影した。ジャーノン・エックはゆっくりと接近する。

「ハロー、イホ」十メートルほどはなれた位置から呼びかけた。「なにかあったのかな？　わたしにできることはあるか？」

低いうなりがイホ・トロトの胸から聞こえる。目を閉じて腕をあげたままだ。円錐形の歯の隙間から唾液がもれて、唇を伝って落ちた。

「医師に知らせるよ。あなたは助けを必要としているけれど、わたしひとりではどうしたらいいかわからないから」

ハルト人の巨軀まであと二メートルの位置に近づいた。イホ・トロトは並はずれて知性が高く、おだやかだと聞いている。その人物がゆっくりとエックのほうにからだを向けた。動きがひどくぎくしゃくしている。からだの内部が、古いドアの蝶番《ちょうつがい》のようにきしむのではないかと思ったほどだ。

それは、いきなり起こった。エックの目には動きすら見えなかった。トロトの腕が近づいて、エックの胸を平手でたたいたのだ。打たれた勢いでエックの足は宙に浮き、数メートル先まで飛ばされた。

口を開いたものの、叫ぼうにも声が出ない。さいわいなことに、落下したのは柔らかい草地だった。エックは何度も転がって、アンジェラ・ゴアのすぐ手前でとまった。一部始終を撮影していたアンジェラは、足もとに横たわるエックをカメラにおさめてから地面に膝をついた。

アンジェラが顔をよせると、エックは喉をぜいぜいと鳴らしてあえいでいる。殴られたときに胸骨が折れたのだろうか。

「なんて野蛮なの！」怒りをこめてアンジェラは叫んだ。「殺す気？」

イホ・トロトがアンジェラのほうを向く。その目はうつろだった。

アンジェラの背筋に冷たいものがはしる。ふいに恐怖を感じた。

イホ・トロトの身に説明しようのない変化が起こったらしい。とにかく、できるだけはなれるしかあるまい。

アンジェラは、やっとのことでエックのからだを起こした。逃げなければあぶないとエックにいいきかせ、その肩を支えて進む。わたしが支えれば歩けるから、と、くりかえしたが、エックは失神状態からぬけきっていないらしく、すぐに脚が折れてくずおれそうになる。

アンジェラはうしろを振り向いてぎょっとした。イホ・トロトが追ってくるのだ。巨軀がすぐそばまで迫っている。トロトは恐ろしい歯をむきだし、とどろくような笑い声をたてた。だが、目はやはり焦点があっていない。

アンジェラはうろたえた。なにをしているか、トロトは自分でもわかっていないのだ。

「急いで。追ってくる」アンジェラがエックの耳もとにささやく。

その言葉で力がわいたらしく、エックはからだを起こして脚をのばした。肩ごしにうしろを振りかえる。トロトを見て叫び声をあげ、アンジェラを横につきとばした。それで支えを失ってしまい、地面に倒れる。両手で腰をまさぐるが、かつて銃を身につけていた場所にはなにもなかった。エックはふたたび叫んだ。

エックはトロトから目をはなさずに、身をすべらせて逃げた。が、巨軀は追いかけてくる。

トロトがふたたび笑った。その笑い声がひどく恐ろしく響いたので、アンジェラとエックはまた逃げようとした。アンジェラはエックの腕を強くつかんでひっぱりあげたが、エックはよろけて歩けない。深く息を吸いこむと、胸がはげしく痛むようだ。歩くのは無理だった。

＊

「シャンパン。ボトルでたのむよ」

アディソン・アプティグローヴが笑いながら注文すると、ガレット・アグレントは非難がましい視線を向けた。アグレントは真っ白なエプロンでよれよれの服をかくし、頭に赤い帽子をのせている。

「どうかしたのか？　有名なアーチボールドに作品を二、三点展示してやるといわれただけで、いい浮かれようじゃないか。わたしがきみを援助したのはな、ちっぽけな成功ひとつでばか騒ぎさせるためじゃないんだよ」

マーリン・サンダースが笑いながらアディソンに身をよせ、いたずらっぽくアグレントを見あげた。

「ね、祝ってあげてよ。こういっちゃなんだけど、あなたが絵を買ってくれるのと、ロバート・アーチボールドが美術展に出展してくれるのとでは、ちょっと違うんだから」

アグレントは悲しげにうなずく。

「そうだな。わたしはこの若者に唾をつけた気になっていたが、そうはいかん。だからって、シャンパンじゃなくてもいいだろう。この店じゃ最高級品だ。もっと値がはらない酒にしておけよ」

「ほかの店にすればよかったかもしれないが」アディソンはため息をついた。「ここにくれば、あんたがよろこんでくれると思ったんだ」

「わかった、わかった」アグレントはあわてた様子でほほえむと、奥に消える。

「あの人、なんかかわいそう」マーリンが老人の姿を目で追いながら、小声でいった。

「ずっとあくせく働きつづけて、もうすこしでリタイアってときにしくじったんだもの。一生かけて返済でしょう。あの年であんなに借金をかかえるなんて」

「そうだね。だけど、きみが心配することはないんだよ。あの人ね、もう一度大きな賭けに出たらしいよ。こんどこそ勝つだろう」

「あら。そうなの?」

「ガレットは持ち金をぜんぶはたいて美術作品に投資したんだ。うまいことに、かれの買った作品が美術展で相当の評価を得るらしいよ。ロバート・アーチボールドがほのめかしたんだが、もう交渉にはいっているとか。もちろん美術展は取引の場じゃないけど、終了したらすぐに売買となるから、ガレットのふところに金がはいってくる」

「どうして一文なし同然の人が絵を買えるわけ？」

「それはかんたんさ。内金は評価額の二パーセント以下だからね。のこりは銀行やアーチボールドらエージェントが出す。作品が売れて金がはいったら、残額を支払って利益を手にいれる」

「利益があればの話よね」

「ガレットが買った作品は潤沢な実いりをもたらすから、ゆうゆうリタイアできる。まちがいないよ」

グラス二個とボトルを持って老人がもどってきた。グラスにシャンパンをつぎ、もったいぶった身振りでふたりの前に置く。

「幸運を祈るよ。ところで、契約を結ぶとき、慎重を期しただろうな」

「ええ、もちろん」と、マーリンはいったものの、自信がなかった。

ガレット・アグレントは周囲を見まわした。レストラン内には、若い芸術家とその恋人のほか、ふたりの客しかいない。店の前の道を、大勢の人々が通りすぎていく。美術展の正面玄関につめかける来場者だ。

「ロバート・アーチボールドは強欲《ごうよく》な男だぞ」アグレントは声をひそめた。

「保証つきだ。わたしはかれをよく知っている。見たところ、でぶのお人よしで、うまい料理と強い酒があれば満足、という印象をあたえる。だがな、そいつは見かけにすぎない。商売が順調なうちは問題ないが、思いどおりに運ばないと、とんだことになる」

アグレントはグラスにシャンパンをつぎたした。

「どういうこと？」と、マーリン。「アディソンには関係ないわよ。作品が展示されるだけなんだから。あとは結果しだいだわ」

「そいつはよかった。だったら、まずいことにはならんだろう。たとえ、アーチボールドが一枚だけしか商売できなくても、問題はあるまい」

「わたしの絵も、一枚は売ってくれるさ」アディソンが言葉をさしはさむ。会話の内容がしだいにわずらわしく思われてきた。

「一度、アーチボールドが損失をこうむったことがある」アグレントはかまわずつづけた。ふたりの若者が煙たがっているのに気づこうとしない。「責任者は大変な目にあった。ひとりはやつのせいで死に追いやられた」

「もうやめて」マーリンは気を悪くした。「せっかくのよろこびをだいなしにしないでよ。ね、グラスをもうひとつ持ってきて。いっしょに祝ってよ」

「仕事中なんでな」アグレントはむっつりとして立ち去った。

「どうしちゃったのかしら」マーリンは頭を振った。「もうすこしで、がまんできなくなるところだったわ」

が、マーリンの不機嫌は長くはつづかなかった。

グラスを持ちあげ、アディソンにやさしくほほえむ。

「あなたの成功に、もう一度、乾杯」

*

アディソン・アプティグローヴとマーリン・サンダースが生まれてはじめてシャンパンを飲み、ちいさな成功を祝っていたとき、そこから十キロメートルとはなれていない場所では、ジャーノン・エックとアンジェラ・ゴアが、叫びながら追ってくるイホ・トロトから逃れようと必死になっていた。

エックの胸の痛みはしだいに和らぎ、ショックからたちなおりつつあった。歩調も速まり、アンジェラによりかからずに歩けるようになっていた。

だが、イホ・トロトのペースもあがり、距離をひきはなすことができないのだ。

逃げているうちに、ジャーノン・エックの心のなかで、アンジェラの前で恥をさらしたという気持ちが強まっていく。

自分はイホ・トロトと知りあいであるかのようにふるまい、アンジェラはそれを信じていたのじゃなかったか？　ほら吹きだから相手にできない、と、思われたのでは？

ジャーノン・エックは敗北というものを知らない。どこでどんな争いがあっても、勝利を得るのはいつも自分だった。警察官だったときはその屈強さにだれもが一目おいていたし、ぜったいに負けないという意志をかならず貫いたもの。

だが、今回は負けた。

第一に、イホ・トロトのあとを追ったのはおろかなことだった。しかも、アンジェラにいいところを見せたくてしたことなのだ。危険の兆候を見すごしたのが自分でも許せない。イホ・トロトの行動を見ておかしいと思ったら、管轄部署にとどけでるのが義務だったのに。

だが、自分の過ちをくよくよと責めるのはエックの性分にあわない。しかも、まだ完全に敗北したわけではないし、アンジェラの前でさらに恥をかくことは避けたかった。

こうして、エックは状況判断を完全に誤った。

子供用遊び場にさしかかったとき、ジャングルジムのところに角材が落ちているのが目にとまった。とっさに、敗北を避けるチャンスだと思って駆けより、身をかがめた。

「だめよ、ジャーノン。やめて！」

アンジェラが叫んだときには遅かった。エックは角材を持ちあげると、渾身の力をこめてイホ・トロトに打ちかかった。角材は音をたててハルト人の胸にあたり、砕けて落ちた。反動をうけて、エックは地面に投げ飛ばされた。

イホ・トロトは立ったまま動かない。アンジェラは顔色を変えて身をひいた。黒い巨人の目が光る。

ジャーノンを殺す気なんだ！

アンジェラは、なすすべもなくブランコの横に立ちつくす。目の前に立つイホ・トロトの巨軀が震えている。体内に電流が流れているように見えた。背を向けるかと思ったら、前にかがみ、折れた角材の一片を持ちあげた。トロトの手のなかで、それはおもちゃのようだった。

打ち殺される、と、エックは思った。恐怖からあらたな力を得て、立ちあがる。だが、逃げるよりも先にトロトの手につかまれ、投げ飛ばされた。十メートルほど宙を飛んで、池に落下。トロトがついでのように投げた角材が、その数センチメートル先に落ちた。

アンジェラ・ゴアは一本の木のところまで後退し、恐怖のあまり大きく見開いた目でイホ・トロトを凝視した。こんどは自分が襲われると思って。だが、トロトは向きを変えると、走行アームを地におろし、なにごともなかったように走り去った。

木の幹によりかかって立っていたアンジェラは、うめきながら芝生にへたりこんだ。両脚が萎えて歩けない。

だが、池からあがってくるジャーノン・エックの姿を見て、恐怖は消えた。全身ずぶぬれで、頭と肩は泥や水草や藻でおおわれている。その姿が滑稽で、アンジェラは思わず吹きだした。

「ジャーノン、どんな格好か見せてあげるわ」と、いってカメラをかまえ、ヴィデオにおさめた。

エックはからだにくっついた水草をはらった。

「この借りは返すぞ」憤慨した顔は蒼白だ。険しい目を向けられて、アンジェラはぎょっとした。「あいつ、殺してやる」

「怒らないで。なにもなかったんだから」アンジェラは立ちあがった。

「許せない」エックはあえいだ。「ほかのやつらになにをしてもかまわん。だが、わたしに対しては許さない」

興奮しているせいでこんなことをいうんだろう、と、アンジェラは考えた。トロトに対する脅しが言葉どおりとは、思ってもいなかったのだ。エックがこうした敗北をそのままにできない性分であることも、知るよしもなかった。ほかの人なら笑ってすませるだろうし、トロトはなにかの病気だろうと考えるかもしれない。だが、エックは自分のことしか考えない男だ。どうやって復讐するかということで頭がいっぱいだった。

アンジェラがエックの髪についた藻をとると、男は乱暴にその手をはらいのけた。恥ずべきシーンを見られたことで、耐えられない気がしている。しかも、失態をヴィデオに撮られたことで、アンジェラを恨んだ。

「《ザナドゥ》にもどって、ぬれた服を着がえたほうがいいわ」と、アンジェラ。「そうしないと風邪ひくわよ」

「かまわないでくれ」エックははねつけた。「助けはいらない」

表情が暗い。

アンジェラは笑ってエックの腕をとり、上目づかいにその顔を見た。

「あら、不平屋さん。やっと人間らしいところが出てきたわね。水からあがったとき、ほんとうにおもしろかった。そのほうが怒ってばかりいるよりずっといいわ。ね、怒らないでよ」

「わかったよ」エックは小声で答えたが、気まずい思いだった。あんなふうに打ちのめされた男をアンジェラがどう思うか、わからなかったのだ。

「だれが相手でも同じ結果になったわよ。トロトの怪力だもの。一度暴れだしたら、だれにもとめられない」

エックは考えこんでいる。

「きみのいうとおりだ」巡航宇宙船に向かうグライダーに乗ると、エックはいった。「トロトがあの状態になったら、とめることはできない。よくわからないけど、あれが衝動洗濯なのかな」

アンジェラは驚いてエックを見た。

「まだ暴れつづけるってこと？」

「だろうな」

「美術展でスピーチするって聞いたけど」

美術展には何千人もの来場者がくる。イホ・トロトがあの状態でやってくれば、多数の死者が出るだろう。大惨事は避けられない。

「なにか手を打たなくちゃ」と、アンジェラ。「テラニア・シティの担当者に知らせたほうがいいわ。あと、ペリー・ローダンにも。友のトロトが狂乱状態だっていうの。グッキーでもいいし、ほかのミュータントでもいいけど」

「よし。ひきうけた」

「わたしがやってもいいのよ。そのあいだに着がえるといいわ」

エックは腕をアンジェラの肩にまわし、にっこりと笑いかけた。

「わたしにまかせてくれよ。これでも十年間にわたって警察官の仕事をしてきたから、対処のしかたは心得ている」

アンジェラはぎょっとして身をひいた。

まさか、殺すつもりでは、という考えが頭をよぎる。だが、エックは笑顔を向けた。

「誤解しないでくれ。適切な人物にすみやかに危険を警告するということさ。官僚主義の枠をこえるのはけっこう厄介なんだ。それはテラにおいてもいえる。ここのコミュニケーション・システムは完璧に近いのに」

《ザナドゥ》に乗船すると、ふたりは別れた。ジャーノン・エックがうまく対応すると信じたアンジェラは、キャビンにもどって着がえをした。

ジャーノン・エックもキャビンにもどった。だが、担当筋に通報するためではなかった。

敗北させられたことが忘れられない。それは針となって心に深くつきささり、エックを苦しめた。イホ・トロトによる敗北を挽回しないかぎり、充分な自信を持つことはできまい。

シャワーを浴びて、からだについた泥や藻を洗いおとす。それから清潔な服を着て幅広のケープをかけ、エネルギー銃をその下にかくした。

エックにとって、失った名誉を回復する方法はただひとつ。

イホ・トロトを殺すことだった。

3

マーリン・サンダースとアディソン・アプティグローヴは、浮かれて冗談を飛ばしながら、絵画や彫像を梱包した。ロバート・アーチボールドから出展許可をもらった作品だ。ふたりはお祝いのシャンパンでほろ酔い気分になっていた。いっしょに住みはじめてから、これほど軽《かろ》やかでほがらかに感じたことはない。

「わたしね、じつはあなたの仕事をときどきお手伝いしているの。知ってた?」マーリンが訊く。梱包は終わり、次は運びだしだ。

アディソンは梱包ずみの箱に腰をおろした。

「え、きみが?」いぶかしげにマーリンの顔を見つめ、それからふいに笑顔になった。

「そりゃ知ってるさ」

マーリンは笑いながらアディソンの膝にすわった。

「あなたが思っているのとは違うの。ほんとうのことよ。とくに実験的な作品とか」

「そばにいて、応援してくれること以外に?」

ら。

アディソンは不安になった。自分以外の人間が作品に手をつけるべきではないのだか

「それ以外に」

「それなら、どうやって？」

「作品にパラノーマルな影響が見られるようになったでしょ。気づかなかった？　とくに〝無意味なマシン〟には」

「もちろん気がついたよ」アディソンは額にしわをよせた。「だけど、自分の力だと思ってた」

「そうじゃなかったの」

「きみには超能力があるのか？」それは、思ってもみなかったことだった。「いったいどういうこと？　具体的になにをしたんだ？　どこを変えた？」

「自分でもはっきりわからないの。でも、あなたが金属加工をしてたとき、なにか抵抗を感じたの」

「じゃ、ふつうなら惑星重力のもとではできない異質な合金がアトリエでうまくいったのは、つまりきみの力だったのか」

「そのようね」

「それはすごいよ」アディソンはマーリンを抱きよせた。

「怒ってないの？　あなたの作品に手をいれちゃったのに」

「まさか。よかったよ。合金がうまくいった理由がわかって」

マーリンが自分の作品に本質的にかかわっていたと知ってアディソンは驚いたが、同時に安心感もあった。また、そこから生じる結果も把握していた。マーリンは自分のそばをはなれないだろう。制作にかかわることは、彼女にとっても重要だから。

マーリンはアディソンの膝からすべりおりると、

「巨匠、急いでください」と、呼びかけた。「もうすぐ美術展がはじまりますよ」

アディソンは作品のはいった箱を持ちあげて、美術展管理課から借りた長い反重力プレート二枚にのせた。プレートをドアから外に出すと、自分たちは裏口から出て人ごみを避ける。

美術展会場につくと、建物の側面入口からなかにはいった。

美術作品は、四つのホールと浮遊パビリオンに展示されている。戸外に展示される彫像もいくつかある。

会場の門の外では、人々が早くなかにはいろうと押しあっている。だが、ひとたび門を通ってなかにはいると、老若男女を問わずしずかになり、行儀よく行動していた。外の騒然さとはうってかわって、会場内は静粛な雰囲気に満ちている。ただし、観客参加型の芸術体験プロジェクトがおこなわれている場所だけは盛りあがっていた。

マーリン・サンダースとアディソン・アプティグローヴは、一ホールの出入口まで反重力プレートを押し、そこでアーチボールドの関係者に作品をわたした。銀河中枢部出身の芸術家の作品を見るためにべつのホールに向かおうとしたとき、ガレット・アグレントの姿が目にとまった。アグレントはうれしそうに手をすりあわせている。ふたりの姿を見ると、顔を輝かせた。

「信じられんような話だけどな、たったいま大金持ちの連中がわたしの絵のところにきて、アーチボールドにとりおきさせたんだ。これで借金は全額返済だ。来週からやっとまともな生活ができるぞ」

アグレントの投機は成功し、くつがえされる恐れはないらしかった。マーリンとアディソンは祝いの言葉を述べた。

「そのときがきたら、一週間の祝宴だ」老人は約束した。

＊

イホ・トロトは猛スピードで前進し、べつの茂みにはいると、一記念碑の前でぴたりと足をとめた。動かず数秒間立っているようすは、巨軀が石と化したように見える。苦しげなうめきがその胸からもれた。

ハルト人は筆舌につくしがたい苦痛を感じていた。

絶望しきっている。

未知の力がおのれの意識を支配し、暴力行為に走らせているのだ。

トロトは知っていた。自分の持つ特殊性がなければ、未知の力にとっくに完全支配されていたということを。かれには、通常脳と計画脳というふたつの脳があるのだ。

通常脳は頭蓋頂上の半円部にあって、からだの運動機能をつかさどっている。この脳によってあらゆるものを知覚し、処理する。もうひとつの計画脳は、有機性の高性能計算機だ。思考、計画、調査をおこなう計画脳は、テラのポジトロニクスに劣らない性能を持ち、いくつかの点ではポジトロニクスよりもすぐれている。

この脳を使って、すばやくデータ処理や計算をおこない、整理して解決し、さらに保存する。

未知の力が支配したのは、通常脳にあるイホ・トロトの人格である。これには抵抗できなかった。一方、計画脳のほうは手つかずなので、この部分の自我は自由だ。そのために精神的葛藤が生じて、ぬけだすことができない。

トロトはあらゆる力を振りしぼって未知の力に抵抗しているが、なにひとつとして成果はない。そのせいで内部の緊張が高まり、人格が分裂しかかっていた。

トロトはグライダーを破壊した自分自身に驚愕した。腕が殻竿《からざお》のようにひとりでに振りまわされるのに、それをとめることができなかった。

こちらにヴィデオ・カメラを向けた旅行客に対して、不当な憎しみがこみあげてきた。同時に、自分はその人たちをもうすぐ殴り殺すことになる、と、ふいに気づいた。

苦悩のあまり、大声で叫びたかった。渾身の力をこめてやっとからだの向きを変え、走り去ったのだ。ところが、褐色の髪の男と連れの女があとを追ってきた。かくれていた森のなかで、かれらに見つかってしまった。

おろか者め、すぐそばまでよってくるとは！

男を殴ったことを思いだし、トロトは恥辱と恐怖にうめいた。

〝なんて野蛮なの！　殺す気？〞そういった女の言葉がまだ耳にのこっている。それは、トロトの心に刻みこまれた。

彼女のいうとおりだった。

だが、女は残酷な真実には気づいていない。トロトが全力で自分をおさえていなかったなら、この手ははるかにはげしい力で男の胸を打ったはず。

軽くなでただけなのに、相手はあやうく死ぬところだった。

ツアー客に襲いかかっていたら、どうなったことか。そう思うとぞっとした。

イホ・トロトは地面に腰をおろして、四つの手を若木の幹にあてた。

自分を支配しようとしているのはだれなのか？

自分を捕らえたのはだれなのか？

ペリーに報告しなければならない。かれなら助けてくれるだろう。

ところが、それを実行にうつすより先に、ふたたび未知の力につかまれた。一瞬にして心の糸が切れ、思考がまとまらなくなる。トロトはもはや、包括的な知識は持つが決定力のない有機計算機にすぎなかった。

自分自身がからだの外から、おのれを見ているような気がした。

四つの手は視野のなかにある。手が樹幹を押しつぶすのが見えたが、なにも感じない。四つの手はもはや自分のものではないみたいだった。

イホ・トロトは戦慄した。

この内なる緊張を長くたもつのは無理だ、と、計画脳が告げている。体内にたまったエネルギーが噴出直前の状態になっていた。

計画脳が最高の集中度で働いているのに、なんの成果も得られないのだから。

イホ・トロトは、可能性という可能性をすべて利用した。ハルト人は全員、外部からの精神的影響や超能力による攻撃から身を守る能力を持っている。トロトもその例にもれない。今回の攻撃に対しても、抵抗できるはずだ。だが、これまでに遭遇したあらゆるものと、どこかが違っていた。脳のコントロールを失ったために、ブロックすることができないのだ。

内なるジレンマと高まりつつある緊張のせいで衝動洗濯がはじまったら大変だ。トロトは未知の力よりも、そちらに対してはるかにはげしく抵抗していた。

通常ならハルト人は衝動洗濯の状態でもコントロールを失うことはない。だが、トロトがおかれているのはふつうの状態ではない。そのため、自分をコントロールできなくなることが、かれにはわかっていた。

つまり、大惨事は避けられない。

イホ・トロトがいるのは、数百万の人間が住むテラ最大の都市だ。自分と比べて人間がいかに弱い存在かということは、さっき思い知らされた。

ほかのハルト人が近くにいると知っていれば、精神を集中させて移動し、その相手と戦うだろう。精いっぱい暴れて、力を消耗させればいい。

だが、テラにはトロトと互角に戦える者はいなかった。

美術展のことがふと頭に浮かぶ。

ハルト芸術についてのスピーチをするために、自分はそこに招かれた。また、惑星ハルト由来と考えられるオブジェを鑑定することにもなっていた。

そのとき、突然からだが暴れだした。阻止する間もなく、手足が勝手に土を掘りおこす。ものの数秒で、深さ三メートル以上の穴ができた。

モグラのようにしゃにむに穴を掘るという害のない方法で暴れることになるのか……とも思えたのだが、トロトはふいに身を起こした。

うめき声をあげながら腕を意味もなく振りまわし、ゆっくりと脚を曲げて身を低くかがめたかと思うと、いきなり跳躍して穴から出た。

トロトの頭のどこかで、美術展のことがはっきりと意識された。

会場を訪れて、スピーチをすることになっていたのではないか？

そう思ったとたん、通常脳とのつながりがぷつんと切れる。

自分がなにをしているのか、もうわからなくなっていた。

未知のものがトロトのからだを動かしている。だが、完全に支配はできず、有意義にコントロールできずにいるのだった。

意識がふたたびもどったとき、トロトは開けた場所を走っていた。三メートルくらいの距離から、ひとりの子供が目を見開いてこちらを凝視している。

＊

アディソン・アプティグローヴは、三十メートル近くはなれた位置から自分の作品をながめた。それだけの距離をとったのは、芸術愛好家に話しかけられて、作品の背景を説明することになるのがいやだったからだ。

「夢みたいね」横にいたマーリン・サンダースがささやく。「あなたの作品をほんとうに鑑賞してる。A・L・D・ドレナーの作品を見てよ。あの人の絵画や花瓶は十万ギャラクス以上するけれど、立ちどまって見る人ってほとんどいないでしょ。ドレナーとその作品について冗談を飛ばしてる人もいるのよ」

美術関係の専門家をガイドとするグループが通りかかったので、ふたりはうしろにさがった。

そのときガレット・アグレントがきて、軽く笑い声をたてた。マーリンは顔をしかめて、

「あらやだ、酔っぱらってる」

「悪いか」アグレントはにやりと笑った。「わたしだってたまにはシャンパンを飲んでかまわんだろ。きょうは特別な日なんだ。もう仕事はやめるぞ。でぶのアーチボールドがいうにはな、絵は売れたも同然だとさ。だれかが爆弾をしかけて、なにもかも吹っ飛ばしでもしないかぎり、安心していられる」

アグレントの声が大きかったので、周囲にいた来場者が振り向いた。アディソンはアグレントをわきにひきよせ、マーリンとともに横の通用口からホールを出た。そこは中庭で、ところせましと古道具やがらくたが転がっている。

「外の空気が吸いたくてさ」と、アディソン。「こういう美術展って、ほんとうにくたびれる。することが多いわけでもないのに」

「そりゃそうだろうな」アグレントはアディソンの言葉に相槌《あいづち》を打つと、高さ一メート

ルほどの金属ボックスに腰をおろした。それは赤みがかった青の合金製で、なかで爆発が起きたように見える。側面の一部が破れ、外側に向かって鋭いぎざぎざの切れ目ができている。

ガレット・アグレントはからだを前後に揺らした。ボックスもいっしょに揺れる。老人はポケットから強いアルコール飲料のはいった小瓶を出して、アディソンとマーリンにすすめた。ふたりが辞退すると、小瓶を口にあてていっきに半分くらい飲んだ。いかにもうまそうな声を出し、破壊された金属ボックスからおりて、それをこぶしでたたく。

「ここにはな、メタン惑星デルクセルの芸術家の作品がはいっていたんだ。わたしは目撃したんだが、この箱が運ばれてきたさい、ロボットが開けようとしてなにかを間違えたらしい。作品が爆発して、ロボットは屑鉄と化した」

アグレントは、すみに転がった金属やプラスティックの破片をさししめす。

「その芸術家は卒倒しちまったよ」

アグレントはさらにひと口飲んだ。からだがゆらゆらしている。

「もうもどらなくちゃ」と、マーリン。「さ、行きましょう」

アグレントはかぶりを振った。

「この瓶がからっぽになるまでは行かんよ。それにこっちもあるからな」と、いって、ポケットから二本めのボトルをとりだした。

「完全に酔っぱらってる。ね、ガレット、これ以上飲んだら、最高の取引に失敗するわよ」

マーリンの警告をアグレントは鼻で笑った。

「もう取引は成立したんでな。することはない」

マーリンはしばらくアグレントを説得しようとしたが、相手は聞く耳を持たなかった。アグレントはうれしくてたまらず、そこに影がさすとは思いもよらないらしい。

展示ホールにもどるマーリンとアディソンに、アグレントは笑いながら手を振り、ドアが閉じると、ふたたび金属ボックスに腰をおろそうとした。

が、そこにボックスはなく、しりもちをついた。わきに移動したのを忘れていたのだ。一瞬わけがわからずぼうっとしていたが、すぐに笑いながらボトルを口にあてた。

ボックスに手をついて、からだを持ちあげる。

そのとき、ふとあることを思いついた。

*

マーリン・サンダースは、ほかの作品も鑑賞したいと思った。いかに関心が高いとはいえ、友の作品はすみからすみまで知りつくしている。

「ほかのホールに行きましょうよ」

マーリンがそういったとき、ひとりの少女が彫像を動かそうとしているのがアディソンの目にとまった。ハルト人をモデルとした六十センチメートルほどの像だ。アディソンは少女に歩みより、傷がつくといけないから気をつけてほしい、と、おだやかにたのんだ。少女はばつが悪そうに顔を赤らめたが、すみませんのひと言もいわずに立ち去った。

「行きましょ。でないと時間がなくなる」

アディソンはすぐにマーリンにしたがった。美術商のロバート・アーチボールドが背の高いアラスとともにこちらに向かってくるのを目にしたからだ。そのアラスは、泣く子も黙る美術評論家だった。

「行こう。あのはげ頭にこきおろされるのはごめんだ」

「アルソン・アーレットだわ。あなたも気がついたのね」

アディソンは笑いながらマーリンのからだに腕をまわした。

ふたりはホールからホールへと移動する人々のなかにはいった。有名なアコン人芸術家が、来場者をまじえてアートゲームをしている。超能力を使って音響や色彩の効果をひきだそうという試みだ。

マーリンがすごいと思ったのは、球状の反重力フィールドでおこなわれている、水を使ったアートゲームだった。芸術家がコンピュータのキイボードで機械を操作して、フィールド内の重力を変化させている。球状フィールドに生じた無数の異なる重力ゾーンが、色づけられ可視化されていた。

ポジトロン・メディアの映像ジャーナリストが第一印象を記録している。次のニュース番組で、美術展のもようをリアルタイムで報道するためだ。

美術展はなごやかな雰囲気で進行していた。

4

そのころ、ジャーノン・エックとアンジェラ・ゴアは《ザナドゥ》を下船し、グライダーで美術展会場に向かっていた。巡航宇宙船の乗客は割引入場券が手にはいるので、ほとんどの人が利用していた。

「どうしたの？　ケープなんかつけて」アンジェラが操縦席にすわる。操縦といっても、ボタンをいくつか押すだけだ。「雨が降ると思うの？」

アンジェラはあざけるように空を見あげた。真っ青な空には雲ひとつない。

エックは曖昧《あいまい》なしぐさをした。

「船内ヴィデオで見たんだが、この地域の天気は変わりやすいそうだ。きょうはたぶん雨になるって」それは嘘だった。

アンジェラは笑った。

「自分で自分をだましたいの？」グライダーは宇宙港を出て駐機場を横切る。地平線近くに美術展の浮遊パビリオンが見えた。「だいたい、この地域の天気が変わりやすいなんて、わたしには思えない。それに、気象制御局は天気を完全にコントロールできるんだから、雨を降らせるのは夜だけよ。ケープ、はずしてもだいじょうぶ」

エックは苦しまぎれに笑った。ケープの下に武器をかくしているので、はずすわけにはいかない。

「風邪ぎみなんだ。いいじゃないか」

「お好きなように」アンジェラの声には、エックの言葉を信じておらず、いぶかしく思っていることがあらわれていた。

エックは思わず右肩に手をあてた。ブラスターのまるい銃口が感じられる。

「いいものがあったら買うつもりなのか？」

エックに訊かれて、アンジェラはかぶりを振った。

「美術作品は好きだけど、ここでは買わないわ。興味があったら芸術家から直接買う。ここでは情報を集めたいの」

アンジェラの横顔をエックは見つめた。

美人で、しかも金持ちか。それに、わたしに気があるらしい。似あいのカップルになりそうだ、と、かれは思った。

一瞬、復讐をあきらめようかと思ったが、すぐにその考えを振りはらった。

アンジェラは気にしないふりをしているだけで、女が考えることはみな同じなのだ。

強い男がいいにきまっている。負け犬ではなく。

下方に、住宅地にそって半月形にひろがる公園が見えた。子供用遊び場を、真っ赤なものが猛スピードで移動しているところだった。

「ストップ！」エックが大声を出す。「あそこに、やつがいる」

アンジェラは声につられてグライダーを空中に静止させた。

「え？　だれが？　どこに？」

だれのことをいっているのかわからなかった。アンジェラの頭に、イホ・トロトのことはもうなかったからだ。心はすでに美術展の会場にある。

「ハルト人だよ。ほら、あそこ」

エックは窓を開けて外に身を乗りだした。トロトはちょうど真下で、ひとりの子供に向かって突進している。子供は、次の瞬間にはトロトの足に踏みつぶされそうだ。

「気をつけて」アンジェラが注意をうながす。「三百メートル以上の高さなのよ」

エックはシートにすわりなおした。

「急いで。子供が殺される。助けないと。急降下するんだ！」

ハルト人が腕を軽く動かしただけでエックが池まで吹っ飛んだことを、アンジェラは思いだした。子供があの一撃をうけたら、命はあるまい。

緊急スイッチをオンにして垂直降下のボタンを押す。グライダーは急速に降下し、ポジトロン保安装置によって地面すれすれのところでとまった。アンジェラはグライダーをわずかに横にずらしてトロトに目を向けた。

三メートル半の巨軀が、ひとまたぎで子供の頭上をこえた。子供は金縛りの状態らしい。

エックはケープから手をぬいた。だが、武器は持っていない。

トロトは子供に手を出さなかった。これで問題はなくなったから、武器を使う理由もないということ。エックはがっかりして唇を噛んだ。

アンジェラはなにも気づかなかったようすだ。青ざめた顔で制御エレメントの前にすわり、イホ・トロトを追っている。トロトは観賞用の樹木をつきぬけて森のなかを進んでいく。折れた枝が木々のあいだから宙に飛ぶので、追跡するのは楽だった。

「いったいどこにいるのかしら。おかしいわよ」アンジェラは腑に落ちないようすだ。

「どこにって、だれのことだ？」

「警察よ。きまってるじゃない。それから、イホの友。ミュータントとかペリー・ローダンとか。あなた、いったいだれに知らせたの？」

エックは、心を見透かされたように感じた。あらゆることを考慮したつもりだったが、警告するという約束だけは忘れていた。だが、アンジェラはかれを信頼しているらしく、変だとは思わないようだった。

「フェルマー・ロイドに連絡をとった」エックは嘘をついた。テレパスが実際にいま、テラにいることを願いながら。「すべて手配するから、心配いらないそうだ」

「イホがここにいるって伝えたほうがいいんじゃない？」

エックの顔に笑みが浮かぶ。

「アンジェラ」つとめてやさしい声でいった。「ミュータント部隊はとっくに到着しているんだ。かれらにまかせればいい。きみが心配することはない。大がかりに捜索し、広範囲を封鎖してトロトに迫っている。ミュータントは、はたから見えないように行動できるんだ。ハルト人が子供を跳びこえたのも、かれらのはからいかもしれない」

「え？　自分の意志じゃなかったってこと？」

「もちろん、はっきりとはわからないけど、そうなんじゃないかな」公園で立ちつくしていた子供が走りだした。泣きじゃくりながら、ママ、と叫んでいる。エックはイホ・トロトが進んだ方向をしめして、「やつのあとを追ったほうがいい」

「美術展会場に向かってるわね」アンジェラはグライダーのスピードをあげた。「ミュータント部隊がほんとうに動いてくれているといいんだけど」

「わたしにできることはした。あとは見守るしかない」

「なんかいやな予感がする」

アンジェラは、トロトから二百メートルの距離をたもってグライダーを進めた。トロトは森をぬけ、家々のあいだの庭や垣根を弾丸のようにつきぬける。脚と二本の走行アームを使い、時速百キロメートルに近いスピードで進んでいた。オフィスアワーのため、家屋の周囲に人影はなく、トロトの脅威にさらされているのは有価物だけのようだ。

ジャーノン・エックがテラニア・シティの警備隊に通報したことを、アンジェラは一瞬も疑わなかった。通報しない理由が考えられない。それにしても、トロトを阻止すべき人々の姿がまったく見えないのが不思議だった。

イホ・トロトは、数千人の来場者が訪れる美術展会場まで、あと数キロメートルのところに迫っていた。

ガルブス地区は美しい構造を持つ居住区だ。建物はどれもちいさく、ほとんどが三世帯ないし四世帯用につくられている。ひろい道路はなく、曲がり角の多い小道に、レストランや美術品をあつかう店がたくさん営業していた。

アンジェラには、これから起きる大惨事が目に見える気がした。トロトはまっしぐらに会場に向かっているからだ。障害物があれば、かまわず踏みつぶすか、そのまま突進している。この先もそれは変わるまい。トロトは小道を使わずに最短距離をとって、建物や人々のなかをつっきるだろう。その暴走は、会場についても終わりそうに思えない。

「いまのところ物的損害だけだけど、じきに人の命が失われるわ。どうしてだれも動かないの？」アンジェラが心配そうな口調でいう。

「わからない」と、エックは嘆息した。「ミュータントはなぜ介入しないんだろう」

「見ていられない。あと二、三秒で……」

アンジェラは言葉にしなかったが、エックには彼女の考えがわかった。ガルブス地区は数秒後に血の海となり、めちゃくちゃに破壊されるだろう。

「黙って見ているわけにはいかない」エックはケープの下からエネルギー銃をとりだし、ポジトロン安全装置をオフにした。「死者が出る前になんとかしなくては」

＊

ガレット・アグレントはすっかり酔いがまわって、ものが二重に見えはじめた。それでも頭はまだしっかりしていて、自分のしていることがわかっていた。

アグレントの性質は、アディソン・アプティグローヴがイメージしているのとは違う。はた目にそう見えるほど、自分の運命を深刻にうけとめてはいないのだ。やや軽薄なところがあって、社会的保障よりも人生を楽しむほうがだいじだと思っている。

そして、それを後悔したことはない。

アグレントは背を壁にもたせてからだを支え、目を細めた。目にうつるふたつの画像をひとつにまとめるよりも、そのほうが楽だから。そばでは美術評論家たちが、ひかえめなしぐさで作品についての感想を話しあっている。かれらのよそおいは目につくほどエレガントで、それだけでもアグレントは癪《しゃく》にさわった。

ふとあることを思いついたので、壁を伝って進み、中庭に通じるドアから外に出た。爆発物によって破壊された金属ボックスを目で確認する。そばに転がっていた雑巾をひろいあげてボックスをぬぐうと、手をかけてそれを移動させた。通用口ドアの前で上体を起こし、小声だがきっぱりと、自分にいいきかせる。これからしばらくは、身をしゃんとのばして行儀よくふるまうんだぞ、と。

まっすぐに立っていられそうだと感じると、アグレントはボックスをホール内に運びいれた。かれに注意をはらう人はいない。大部分の来場者は評論家たちのまわりに集まって、アディソン・アプティグローヴの作品に対する意見を聞いていたからだ。そうとうにきびしい批判が耳にはいったので、アグレントは文句をつけてやろうと思ったが、すぐに思いなおした。ボックスをこっそりと移動させるのが優先だ。ボックスを床に置き、ハルト人をモデルにしたアディソンの作品をそのなかにいれる。思いのほか大変な作業で、何分もかけてやっと完了したときには、喉がからからに渇いていた。最後のボトルをとりだして、中身を飲みほす。ホール出口に向かって歩きだしたとき、どうにもならないほど、からだがふらついていた。来場者のひとりが見かねて肩を貸したほどだった。

いまや、自分の作品の運命が決まろうとしている。それを知りながらほかの芸術家の作品を鑑賞するのは、アディソンには耐えがたかった。

*

マーリン・サンダースはアディソンの気持ちを察した。

「もどりましょう。たとえ、こてんぱんにこきおろされても、それを聞かないと」

マーリンがそういいだしたので、アディソンはほっとした。ふたりはかれの作品が展示されたホールに向かった。

「あそこ、ガレットよ。完全に酔っぱらってる」

マーリンにいわれてアディソンが目を向けると、ガレット・アグレントがよろめきながらホールを出ていくところだった。そのとき、ハルト人の影像が目にとまった。縦に置かれた金属ボックスにおさまっている。

アディソンは息をのんだ。まさにこの瞬間、自分の恐れている評論家たちがハルト人の影像のほうを向いたのだ。

「ひどいわ！　いくら酔っぱらっていても、こんなの許せない」

マーリンの顔は蒼白だった。

アディソンは腹を一発、殴られたように感じた。友のアグレントが自分の作品にこのような仕打ちをするなんて、信じたくない。

「もうおしまいだ。あの爺さんのせいで」

そのとき、人々の興奮したざわめきが聞こえてきた。〝独創的な構築〟、〝表現力に富む知覚化〟といった表現が使われている。

ハルト人の力強いバイタリティをこれほど感動的にあらわした作品はほかにない、と、だれかが高い声で説明している。

アディソンは耳を疑った。

「気分が悪くなってきた。もうここにはいられない」

かすかな声でそういったとき、ロバート・アーチボールドの肥満体が人ごみをかきわけて接近し、アディソンの腕をつかんだ。

「かれがその制作者ですよ。みなさん、アディソン・アプティグローヴを紹介します」

と、晴れやかな声で発表する。

とまどったアディソンはマーリンの姿を探した。マーリンは鼻息あらく、顔を紅潮させてドアを出ていくところだ。

その瞬間、アディソンの心のなかでなにかが変化した。気分が悪かったのがうそのように、笑いがこみあげる。酔っぱらったアグレントがぼろぼろの金属ボックスをホールに運びこむようすが目に浮かんで、吹きだしそうになった。

数名の美術評論家がアディソンの前に立ち、ひかえめに拍手を送った。

＊

イホ・トロトは必死で戦っていた。勝つ見こみのない絶望的な戦いを。美術展会場に向かうあいだに、ときどき思考が明晰になった。だが、それは数秒間だけで、何者かによってスイッチが切りかえられると、ふたたび意志を持たない機械に変わるのだった。

会場が近づくにつれて、未知の力による支配力は大きくなるようだった。それらは関連性があるように思われた。とくに注意をひかれるのは、超能力を使って生みだされた作品のようだ。未知のミュータントが会場敷地内にいて、自分に力をおよぼし、意志を押しつけているのだろうか？

突進を中断するか、せめて方向を変えようと何度も努力したが、トロトの力ではどうにもならなかった。

芸術家の町、ガルブス地区をめざしているとわかる。この暴走状態で進めば、恐るべき結果をもたらすだろう。トロトは何度も筋肉の動きをコントロールしようとした。それをつかさどる通常脳の一部だけでもとりかえそうと、くりかえし試みた。

垣根や壁にぶつかり、それらが崩れおちるのを感じた。さらに悪いことに、原子構造の転換が起こり、トロトのからだは鋼のようにかたい杭打ち機と化していた。

ガルブス地区にはいると、トロトは家々に向かって砲弾のような破壊力でつきあたった。人々は恐怖のあまりパニック状態となり、叫びながらわきに跳びのく。その数人のからだに触れてけがをさせたのに、トロトは気づかなかった。

自分が外壁をつきやぶった建物が、やがて崩壊した。次の瞬間、トロトは降《ふ》り注《そそ》ぐ塵《ちり》や瓦礫《がれき》にすっぽりつつまれたが、それをものともせずに突進した。次に通りぬけたのは、さいわい休業中のレストランだった。その先の道は、ゆるやかな弧を描いて美術展会場に通じていた。

道の中央に数百人の来場者が行列をつくり、入場を待っている。

ほんの一瞬、トロトは通常脳のコントロールをとりもどした。時間が短すぎて暴走をとめることはできなかったが、かろうじて方向をずらし、人ごみのまっただなかへ突進することは避けられた。

トロトは苦悶の叫びをあげた。

テラの人類が大好きなトロトは、かれらに傷をつけるなんて思いもよらなかった。けれども、苦悩のあまり助けをもとめるその叫びは、人間の耳には襲いかかる怪物の雄叫《おたけ》びにしか聞こえない。人々は道の反対側によけ、腕をかざして、飛んでくる椅子やテーブルの破片から頭を守った。大人は子供がけがをしないようにとそばにひきよせた。あるレストランの外にすわっていたスプリンガーの肥満男が、わきにジャンプして逃げようとした。だが、肘かけの幅がせまくて、椅子からからだをぬくことができない。そのため、椅子を尻にくっつけたまま、水たまりにあおむけに落ちた。

レストランにビール樽を運んでいたロボットが立ちどまったところへ、イホ・トロトが頭からつっこんだ。樽は破裂し、ビールの泡が飛散して空中にたちこめた。テラナーとしてはずばぬけて背の高い男が、トロトをとめようと素手で体あたりする。だが、次の瞬間にはボールのように宙にはじきとばされた。

民間グライダー一機が、上空を近づいてくる。窓から身を乗りだしたのは、ジャーノン・エックだ。エネルギー銃をイホ・トロトに向けた。

「だめよ!」横にすわるアンジェラが叫ぶ。武器を使えば大変なことになる。「気でも違ったの? 罪のない人たちを殺すことになるのよ!」

エックは発射した。

太陽光のように明るいエネルギー・ビームは、イホ・トロトから半メートルほどそれ、来場者に飲み物を運ぶ途中のロボットに命中した。さいわいなことに爆発はなく、ロボットはばらばらに分解した。

「やめて!」アンジェラが叫んだ。「撃たないで!」

エックはアンジェラを手ではらった。

「やるしかないんだ。見ればわかるだろう。このままでは多数の死者が出る」

イホ・トロトはいまも道を突進している。入口前の人垣を分けて、赤い服を着た巨軀は展示ホールのなかに消えた。

「もう遅い」エックは無念そうだ。「なにか起こったらきみの責任だぞ」

アンジェラの操縦でグライダーは音もなく降下し、レストラン前の壊れたテーブルと椅子のそばに着地した。アンジェラはハッチを開けた。

「あなたは最初から復讐のことしか頭になかったのね」と、男を責める。

エックにとり、彼女との関係がこれで終わったことは、明らかだった。

「そうだよ。あたりまえだろう」

アンジェラは顔をそむけた。

意外なほどしずかだった。来場者のほとんどはその場に立ちつくし、会場を逃げだしたのは少数だった。不思議なことに、会場内からトロトが暴れているらしい物音は聞こえてこない。

アンジェラは人ごみをかきわけて進んだ。彼女をとめようとする人はなく、だれもが一様に押し黙っていた。

5

「考えられないわよ。あんなことするなんて」

マーリン・サンダースはガレット・アグレントに向きあった。ふたりがいるのは、壊れた金属ボックスが放置されていた中庭だ。アグレントは口を動かしたが、出てきたのは理解できない言葉だった。立っているだけで精いっぱいなのだ。

「かわいそうなアディソン。身動きとれなくなっちゃって、吹きだしそうになるのをこらえてるのよ」

マーリンは言葉を切った。地面が揺れているような気がした。とどろくような足音が猛スピードで近づいてくる。と、そのとき、すぐそばの壁が壊れて破片が肩にあたり、マーリンは地面に投げ飛ばされた。そのからだを赤い巨体が跳びこえ、ホール通用口をつきぬけていく。

マーリンが見ていると、巨軀はアディソン・アプティグローヴの展示品が置かれたコーナーの中央につっこみ、一瞬にして複数の作品を破壊した。ハルト人のちいさな像がものすごい力で上に飛ばされ、天井にぶつかって、文字どおり粉々に砕ける。

ハルト人は突進をつづけるかに見えたが、大きな物体の前で突然とまった。脚を開いたまま、数メートルほど床の上をすべった拍子に、来場者三人と肥満したロバート・アーチボールドをなぎたおす。それから頭を壁に打ちつけた。壁は壊れなかったが、アディソンの無傷だった最後の作品が壊された。

マーリンは茫然として、痛む肩をさすった。

しずかになった会場に、ロバート・アーチボールドの悲鳴が響く。手に軽傷を負っただけなのに、いまにも死にそうな騒ぎだ。床に横たわった数人の美術評論家は、起きあがろうとしない。ほかの来場者は、ハルト人に恐れをなして距離をたもっていた。

アディソン・アプティグローヴは床にしゃがみこんで笑っている。なにが起こったか、把握できないらしい。両目を不自然に見開き、顔には汗が滝のように流れている。

あの人、ショック状態だわ！　マーリンは立ちあがった。肩がはげしく痛み、必死でこらえているにもかかわらず、涙がにじんだ。

ガレット・アグレントは、塵埃《じんあい》と瓦礫の上を千鳥足で歩きながら、展示ホールにたどりついた。

「アクション・プログラムなんて予定にあったか？」

アディソン・アプティグローヴは床を這って、倒れたイホ・トロトのすぐそばまで行き、そのからだに触れた。

「かたいよ。石みたいだ」

マーリンも恐怖心を克服してハルト人に近よる。

「ね、イホ、どうしてこんなことをしたの？」頬を涙がとめどもなく流れた。「あなたが壊したのよ。なにもかも壊れちゃったのよ」

アディソンの作品が展示されていた場所は、いまや破片の山だった。絵画、彫刻、塑像……すべて、ことごとく破壊された。

「あいつ、告訴してやるからな」ロバート・アーチボールドの声は裏声になりそうなほど甲高《かんだか》い。「数万ギャラクスの損害だ」

アーチボールドが破壊されたドアから外に出ると、評論家たちも身を起こしてあとにつづいた。それを合図に、みんないっせいに出口に向かった。恐怖にかられ、われ先に外に出ようとするので、ホール内はパニック状態におちいった。わめいたり押しあったりしながら、数カ所しかない出口に全員が押しよせる。

イホ・トロトは低い声でうめきながら身を起こした。

マーリンは、アディソンの腕をつかんでトロトからひきはなした。

「この人、病気だわ。わたしたちも外に出なくちゃ」

そうだ、外に出なくては……ガレット・アグレントもそう思い、よろけながら中庭に出た。瓦礫につまずいて転び、そのまま四つん這いで移動する。

アディソン・アプティグローヴは驚くほど強い意志をしめして、マーリンの手を振りほどいた。

「だめだ。イホをひとりにはできない。助けを必要としているんだよ。なにかおかしい。あの人はすごくおだやかな人柄なんだ。それがこんなことをしたのであれば、自分の意志ではなかったはずだ」

アディソンの言葉をトロトは理解したらしく、吠えるような声をあげて三メートル半もあるからだで立ちあがった。ゆっくりとからだの向きを変え、三つの赤い目でアディソンとマーリンを見つめる。その目に温かい光が宿り、作業アームがゆっくりとのばされた。アディソンとマーリンを抱擁したいようにも見える。苦しそうなうめき声が、その口からもれた。

そのとき、トロトは電気ショックをうけたように巨軀をびくっと動かしたかと思うと、吠え声をあげながら、からだを左右に揺らした。それから、身を前にかたむけて走行アームを地につけ、勢いよく走りだした。色彩豊かなモザイクをほどこした、厚さ一メートルの壁に頭からつっこんで破壊する。破片があたり一面に飛び散った。トロトのからだは弾丸のようにホールを横切り、高価な芸術作品の数々が一瞬にして粉々になった。

マーリンは床にへたりこみ、ハルト人を目で追っている。

ただ、恐怖は感じなかった。自分になにかが起こるとは思わない。

トロトはホールの反対側まで達したところで向きを変え、さらなる破壊行為をつづけた。それから壁を打ち破って外に出る。危害をくわえられるかもしれない、と、おびえる人々の悲鳴が響きわたった。

＊

アンジェラ・ゴアは、とげとげしい態度でジャーノン・エックと別れたことを後悔していた。かれの殺意にショックをうけたからだと自分にいいきかせる。

おびえきった人々が悲鳴をあげながら走ってきたので、アンジェラは横に移動してヴィデオ・カメラをかまえた。だが、これではジャーノンのしていることと変わりがないではないか。自分の目的のために動いているという点では同じだ。センセーショナルな映像を撮りたいだけなのだから。

アンジェラは壁に身をぴったりよせて、人々が走り去るのを待った。パニック状態におちいった人々は、弱者を気にもかけない。幼い少年が転び、立ちあがろうとしたが、走ってくる大人にまたはじきとばされた。アンジェラは少年を助けおこして人波の外に連れだした。ここにいては命の保証はなさそうだ。

グライダーが接近し、開いたドアからジャーノン・エックが身を乗りだした。アンジェラは迷うことなくさしだされた手を握り、エックにひっぱられて少年とともにグライダーに乗りこんだ。

ほっとしてエックの隣りのシートに背をもたせ、おびえている子供を抱きよせた。

「これできみにもわかっただろう。ハルト人が危険だってこと」

「ほかの方法があるはずよ。あの人を狂犬みたいに撃ち殺すなんて、できないわ」アンジェラが熱心にいうと、エックはきっぱり否定した。

「ほかの方法などない。ペリー・ローダンも専門家たちも、警告を真にうけなかったようだ。ミュータント部隊はきていない。だから、わたしがなんとかしないと」

エックはグライダーを展示会場に向けた。

アンジェラが地上に目をやると、人々は柵をとりはらい、四方八方に逃げている。恐れをなすのも無理はない。

イホ・トロトが展示ホールから弾丸のように跳びだして、多数の可動部品を組みあわせた芸術作品のあいだを走りぬけ、人工湖に突入した。湖に設置されていた噴水はめちゃくちゃに壊れた。

エックはエネルギー銃を膝にのせ、グライダーをトロトに接近させる。トロトは湖からいきなり真上に跳びあがって、十五メートルの高さを浮遊するパビリオンに手をのばした。そこに展示されているのは、銀河系で著名な芸術家の作品だ。トロトはパビリオンの厚さ数センチメートルの床をつきやぶり、できた開口部をさらに手でひろげている。

「ちくしょう、逃げられた」業《ごう》を煮やしたエックは、グライダーをかたむけてトロトから数メートルの位置に移動させると、武器をかまえた。パビリオン下部の開口部から出ているトロトの脚をねらう。

そこへ、またしてもアンジェラがとめにはいった。

アンジェラがてのひらで計器盤のボタンを押すと、グライダーは急降下しはじめた。十二メートルの高さまでおりたところで、自動装置により減速する。

エネルギー・ビームは、トロトから大きくはずれた場所にあたった。

アンジェラはスピードをあげる。エックにはとめるチャンスがない。浮遊パビリオンから百メートル以上はなれた場所で、やっとグライダーは静止した。

「だめ。なにがあろうと、ぜったいにあの人を殺させない」

アンジェラはいい、エックが置いた武器をつかむと、窓から外にほうりだした。

男の忍耐もそこまでだった。

手の甲でアンジェラの顔を打とうとする。が、アンジェラはすばやく身をかわした。すぐにわれに返ったエックは、自制心をなくしたことに驚愕してアンジェラを見つめた。

「人は間違うことがあるものよ」アンジェラの声は冷ややかだ。「あなたもわたしも間違ったの。わたしとこの子を外に出して。いますぐ」

「アンジェラ、悪かった」

「もう遅いわよ」

これ以上話しても意味はあるまい。エックはそう思った。自分ですべてをぶち壊したのだ。チャンスはもうないだろう。アンジェラの目の前でトロトに武器を向けたのが間違いだったのだ。

だが、心の底ではアンジェラだって、わたしがイホ・トロトからこうむった不名誉をすすぐことを望んでいるはず。そう信じるエックは、ほかの方法でハルト人と対決することに決めた。

アンジェラは機を降りると、子供と手をつないで美術展会場の敷地を進んだ。浮遊パビリオンでトロトが暴れているらしい物音が聞こえてくる。来場者が数百人、ブルーに輝く反重力斜路を伝って地面におりようとしている。

ひとりの女が泣きながら走りよって、少年を抱きしめた。息子に会えたうれしさに礼をいうのも忘れ、少年の手をひいて急ぎ足で去った。

アンジェラは気おちするとともに、疲労を感じた。崩れおちた壁の破片に腰をおろす。すると、すぐそばの瓦礫のなかから白髪の老人が姿をあらわした。まっすぐに立つことすらできないほど酔っぱらっている。老人は、壊れた彫刻の破片をのせた両手をさしだした。

「見てくれよ」声がくぐもって聞きとりにくい。「これ、わたしの老齢年金のはずだったんだよ」

老人は低い声で笑った。

「ぜんぶおじゃんだ。投機に失敗したってわけさ。すごい借金ができちまったから、頸をくくったほうがずっとましだ」

アンジェラは、老人のいうことを気にかけなかった。ひどく酔っていて、自分でしゃべっていることを理解しているとは思えなかったから。

ホールからとてもきれいな若い女が出てきて、老人のからだを支えて助けおこした。

「ガレット、行きましょう」彼女は悲しそうにいった。「もうすべて終わったんだから。わたしたちにとっては」

「終わっちゃいないぞ、わたしにとっては。わたしはな、負けたんだよ。これで、でぶのアーチボールドの奴隷ってわけだ。知ってたかね、NGZ四二四年に奴隷ってものが存在するなんてな」

アンジェラは空虚さを感じた。

後悔している。イホ・トロトがグライダーを破壊したとき、あとを追わなければよかった。

ヴィデオを撮りたかったから。家に帰ったとき、みんなに見せて自慢したかった。それだけなのだ。

影が落ちたので見あげると、巨大なグライダー四機が美術展会場上空に静止していた。四機のあいだにはエネルギー・ネットがほのかに光をはなっている。

そのときだ。浮遊パビリオンからイホ・トロトがはじかれるように跳びだしてきた。エネルギー・ネットがそのからだを捕らえ、つつむように閉じる。

やっと終わった。アンジェラはヴィデオ・カメラにそのシーンをおさめた。それにしても、なぜこれほど長くかかったのかが不思議だった。

グライダー四機がイホ・トロトを中央に捕らえたまま遠ざかる。カメラのファインダーで追うと、トロトがエネルギー・ネットから逃れようと身をもがいていた。ハルト人の吠え声が耳にとどいた。聞いたことがないほど深い絶望の声だった。

叫び声はしだいに遠のいて消え、アンジェラはほっとした。

そこへ、ずんぐりした体格の男が近づいてきた。顔は横にひろく、頭髪は黒い。しげしげと見つめられて、アンジェラは心の奥底まで見透かされている気がした。

「わたしはフェルマー・ロイドだ」男はにこやかで、偉ぶったところがまったくなく、親切な人に思われた。「きみはイホ・トロトをヴィデオにおさめていたね」

「あら、禁止されているわけじゃないでしょう？」アンジェラは驚いて立ちあがった。だが、そこまで敬意をしめすことはないと思いなおし、顔を赤らめてふたたび腰をおろした。フェルマー・ロイドと聞けば、どうしても意識してしまう。アンジェラはあらためて、吐息とともに立ちあがった。フェルマー・ロイドは人の思考を読める人間だ。実際にいま読まれているのかどうかはわからないが、テレパスに会うのははじめてなので、不安だった。それが自分でも癪にさわり、かえって強い態度になる。

ロイドの笑みが深まった。

「もちろんだ。なにを撮ろうときみの自由だ」

「そうよね」アンジェラはカメラを持ちあげてロイドに向ける。だが、すぐに手をおろした。「ごめんなさい。生意気な態度だったわ」

ロイドはそれにはとりあわずにつづけた。

「もしかしたら、イホのようすを前から撮っていたかもしれないと思ったのだ。かれになにがあったか、探りだす必要がある。ヴィデオがあれば助かるんだが」

「あ、そうだったの」アンジェラはほっとした。してはいけないことをして非難されたわけではなかったのだ。「ええ。最初からうつしてあります。グライダーを壊して走りだしてから、暴れるところを、最後まで。でも、あなたにはわかっているんでしょう」

「わたしがきみの思考を読んだという意味だとしたら、思い違いだ。きみの思考はわたしには関係がない」

アンジェラは安堵した。知られて困ることがあるわけではないが、他人に心の秘密を読まれると思うとおちつかないから。

アンジェラは、ロイドにカメラをさしだした。

「できればヴィデオ、とっておきたいんですけど」

「もちろんだ。きみの所有物だからね」

ロイドはアンジェラの個人データをアームバンド・コンピュータに入力した。

そのとき、ジャーノン・エックのことがアンジェラの頭に浮かんだ。

「だれが通報したんですか？」

「通報はなかった。だが、パニックが発生したとき、人々の思考インパルスをわれわれテレパスがうけとったのだ。それから事態を知るまでに三分とかからなかった」

「ジャーノン・エックが電話で通報したはずですけど。あなたと話したっていっていたので」

「ジャーノン・エックという名の人間は知らないな、残念ながら」

「それを聞いてよかった。気持ちが自由になったみたいです」

ロイドはいぶかしげにアンジェラを見たが、なにも訊かなかった。

グライダーが着地し、ロイドが乗りこむ。

「よかったらいっしょに乗りなさい。ヴィデオをコピイしてオリジナルを返すから」

アンジェラはロイドの横のシートにすわった。

＊

アディソン・アプティグローヴは瓦礫のあいだを這いまわった。そこには自分の作品の残骸が埋もれている。むだなことだとわかっていても、そうせずにいられないのだ。もしかすると、救えるものが見つからないともかぎらない。

「いいかげんにやめましょうよ」と、マーリンがいった。彼女がもどったことにも、アディソンは気づかないらしい。「そんなにひどい事態じゃないって。また一からやりなおせばいいんだから」

「そんな力はわたしにはない」

マーリンは笑ってアディソンの肩を両手でつかみ、ひっぱりあげた。

「そんなことといわないの。こんなことがあったおかげで、やり方がわかったじゃない。あらたにハルト人の像をつくって、ぼこぼこの箱にいれればいいのよ。評論家はこういうわよ。〝ふむ。最初の作品ほどではないにしても、驚くべき原動力だ。才能を認めないわけにはいくまい〟」

アディソンはつられて笑い、マーリンの腕をとって出口に向かった。

外に出ると、着陸したグライダーからペリー・ローダンが降りたったところだった。美術商のロバート・アーチボールドが早足でそちらに向かう。

「とんでもない事件です。イホ・トロトがかけがえのない美術品を破壊し、数百万ギャラクスにのぼる損害を出したんですから」

アディソン・アプティグローヴとマーリン・サンダースの視線があう。いま聞いたことが、とても信じられない思いだった。

「もちろん損害は賠償するが、実際の被害額を査定しなければならない」ローダンの表情は真剣だ。「早急に対処していただきたい。この事件は銀河系全域に知れわたり、われわれは文化を理解しない蛮人と非難をうけます。ここですべきことをせずにぐずぐずしていれば、テラの人間に美術品をあずけるのは危険だといわれかねない。そのためにも、相応な賠償をすることを、きょうのうちに決定してください」

複数のホールに展示されていた、巨匠と呼ばれる人々の作品を、アディソンは思い浮かべた。作品の価値を自分で評価することはできないと、つくづく思う。アーチボールドの自信満々なふるまいを見て、納得した。自分はやっとチャンスをつかんだちっぽけな無名の芸術家にすぎないのだ。作品を売っても生活していくことはできない。もてはやされている有名な巨匠とは違う。かれらの作品のなかには、数万ギャラクスという値のついた絵画や彫刻もあるのだから。

「数百万までいかなくても」マーリンは頭から湯気をたてている。「わたしたちだって損害をこうむりました。評論家がアディソンの作品を口々に賞讃しているところに、イホがきて、ぜんぶぶち壊したんですもの」

「口をはさまないでもらおう」アーチボールドの口調は驚くほど険しかった。「これはわたしの仕事だ。きみたちの損害は賠償する」

「あたりまえです」マーリンはますますいきりたち、「数万ギャラクスの賠償金をもらう人もいれば、絵の具をひと箱、現物支給される人もいるんですね」

「やめろよ」アディソンが小声で口をはさんだ。「むだなことはするな。あの人を怒らせたら、もうおしまいなんだから」

「これ以上じゃまをしないでもらおうか」アーチボールドは非難がましく首を振り、わきに移動してローダンとの話をつづけた。

がっかりしたマーリンの目から涙があふれた。

「ひどいわ。無名の芸術家はだまされて、有名な人たちだけが利益を得るんだから」

「さ、行こう」

マーリンはすなおにしたがった。

レストランでは、ガレット・アグレントがビールのグラスを前にすわっていた。しょげているようすはない。

「やあ。すわってくれ。ごちそうするよ」と、ガレット。

「たまにはいいことというじゃないか。でも自分ではらうよ。投機に失敗したんだろう」

アグレントは軽く声をたてて笑った。

「投機はだめだが、飲むんならまかせとけって」

＊

フェルマー・ロイドとアンジェラ・ゴアを乗せた機は、イホ・トロトを移送するグライダーのあとにつづいて病院に到着した。ロイドはヴィデオのコピイをとると、アンジェラを《ザナドゥ》に送らせた。

ヴィデオには、イホ・トロトの暴走がはじまったところから一部始終がおさめられていた。ヴィデオを見おわると、ロイドは検査室に向かった。トロトはそこで、地球外生物医学の専門医数人による検査をうけている。

トロトは、大きなテーブルに腹を下にして横たわっていた。青と赤のエネルギー繊維がからだにはりめぐらされているため、動くことができない。目は眼窩《がんか》よりも高く盛りあがり、何度もうめき声をあげた。そこにはいいようのない苦痛があらわれていた。

フェルマー・ロイドはイホ・トロトの思考を読もうと試みたが、トロトの心は貝のようにかたく閉ざされていた。

このやり方では無理だ、と、テレパスは考えた。トロトはひとりではなく、外部から何者かがはいりこんでいるらしい。

背の高いアラスのカル＝カア医師がロイドに向きなおって、きいた。

「なにか手がかりは？　ヴィデオはどうです？　推論できそうですか？」

「いや、これはと思うものはなかった。イホにとっては完全にだしぬけに、しかも、まったく思いがけずにはじまったようだ。かれはグライダーに乗っていたんだが、電気ショックをうけたように全身がびくっとして、跳びあがった」

ロイドの話を聞いて、医師は顎をなでた。

「現段階ではなにもいえないですね。脳梗塞のようなショックから有機的変化が起こり、コントロールできなくなったのではないかと、最初は考えました。だが、イホは細胞活性装置保持者だから、それはまず考えられない。ということは、べつのなにかが作用したことになります。有機的変化を起こすようなものではなく、通常脳をねらったものらしい。ところで、美術展にはパラノーマルな作用によって生まれた作品が数多く展示されていたそうですね。銀河系全域から何百人もの芸術家が訪れたとか。そのなかに、超能力を持つ人もかなりいたようです」

「きみの考えによると、イホを襲ったものは美術展会場にいたか、あるいは美術展と関係があったということか？」

「襲ったというのは正しい表現ではないですね。それだと、だれかが最初からイホをねらったことになる。そうではないような気がします」

医師はイホ・トロトに目を向けた。

「イホは苦しんでいます。麻酔をかけて楽にするつもりです。美術展ではかなりの被害が出たのですか？」

「ふむ。そうとうなものだ。さいわい、軽傷者が数人いるくらいで、人的被害はほとんどなかった。だが、物的損害は大きい」

ロイドは検査台に歩みよった。ハルト人は目を閉じ、あえぎながら呼吸音をたてている。

「まもなくグッキーが到着する」テレパスがいった。「イホがだれの作用をうけたか、どう対処するかといったことを、解決するつもりだ」

6

イホ・トロトが治療をうけているクリニックのすぐそばに、もうひとつ特殊クリニックがあった。

そこに、ブルーク・トーセンが収容されている。

トーセンは四十一歳。がっしりとした体格で背丈は中くらい。肩を前に出して前かがみに歩く癖があった。小麦色の頭髪は薄く、水色の大きな目は驚いたような表情をたたえている。その目と、とがったちいさな鼻のせいで、かれの顔はミミズクを思わせた。そのため、フクロウというニックネームを持つ。

医師や医療アシスタントはそのニックネームを聞いたこともなかったが、トーセンはクリニックでも〝フクロウ〟と呼ばれていた。

ブルーク・トーセンはジャルヴィス星系の第四惑星の出身だ。商館で輸入管理の仕事をしていたが、このジャルヴィス＝ジャルヴにおいて、さまざまな原因から驚くべき出来ごとが起こったのである。

ブルーク・トーセンは、セト＝アポフィスの工作員だった。活性化されたわけだが、そのきっかけは情報伝達物質フェロモンと触れたためで、セト＝アポフィスのインパルスではなかったことが判明した。フェルマー・ロイドがトーセンをテラに連れてきたのは、未知の敵について情報を得るためだ。また、眠れる工作員をつくって必要なときに覚醒させるという驚くべき能力について、調べるためでもある。

だが、その希望はかなえられなかった。

情報伝達物質との接触がなくなると、ブルーク・トーセンはふつうの平和な市民にもどったのだ。そのようすからは、武器を持って危険な作戦行動に出るとは想像もできない。テラに向かう宇宙船のなかで、すでに、なにごともなかったようにふるまっていた。それでもフェルマー・ロイドは、トーセンを特殊精神クリニックに収容した。精密検査をうけさせるとともに、テラの住民に危険がおよばないよう隔離するためでもあった。

ブルーク・トーセンは窓の前に立った。窓には高密度の化合物でできた、ほとんど目に見えない格子《こうし》がついている。

「ようやく、ここを出るときがきた」トーセンは、足もとで眠っている毛皮生物に話しかけた。「死ぬまで囚《とら》われの身でいる気はない」

クリニックは要塞のように環状に建てられていた。窓の外は広大な中庭で、手いれのいきとどいた庭園がある。

太陽の位置は低く、暗くなるのはじきだった。

医師にあたえられた白い錠剤がふたつ、シャーレにのっている。トーセンはその上に片手をのばしたが、つかむことはせず、しばらくかざしたままでいた。それから手をひっこめて、ベッドのへりに腰をおろす。

トーセンの内部でなにかが刻一刻と変化していた。そのことに自分でも気づいていたが、なにが起きているのか、答えることはできなかっただろう。かれは自分の任務を知っている。それを伝えたのはだれか、ということは一度も考えなかった。トーセンは、なめらかな動きで立ちあがった。ついさっきまで疲れて気力がなかったのに、いまではあらたなエネルギーに満たされている。インパルスに刺激されるのが感じられた。

出入口ドアは施錠されていた。通常の状態では外側からしか開けられない。

トーセンは介護士がくるのを待った。夜間はひとりの介護士が病棟全体を巡回することになっている。単独で病室を訪れるのは、この介護士だけだった。医師や看護師はふたりひと組を原則としているからだ。だが、介護士がくるまであと一時間以上ある。

トーセンはベッドに身を横たえ、即座に眠りに落ちた。一時間後に目をさますと、さっぱりした気分になっていた。ふたたびドアに歩みより、やはり外側からしか開けられないのぞき窓の、横のボタンを押した。

それから、紙のように薄いちいさなプレートをドアの隙間にさしこむ。次にプレートを鍵のところまで移動させ、数日前に調達していた針金をプレートにそってエレクトロン制御部まですべらせた。鍵はあっけなくはずれた。

トーセンはドアを開けて通廊に出た。

人の姿はなかった。監視カメラのレンズが冷たい光をはなっていたが、トーセンは気にしなかった。足早に分岐点まで進み、ソファのうしろに身をかがめた。

トーセンが身をかくすのとほとんど同時に、介護士のエネルギッシュな足音が近づいてきた。その姿を、トーセンはソファの背後から目で追う。介護士はトーセンより半メートルほど背が高く、肩幅がひろい。とても勝ち目がありそうには見えなかった。

介護士はトーセンの病室の前で足をとめ、ボタンを押してドアの上部にある呼び出し用点滅ランプを消した。それから、病室内がすみずみまで見えるよう設置されたのぞき窓から内部を見た。

トーセンが病室にいないことに気づいたとき、介護士のからだがびくっと動いた。ドアを勢いよく開けると同時に、襲撃にそなえて片手をあげる。だが、トーセンの襲撃は室内からではなく、背後からだった。介護士はこぶしでうなじを殴られ、床に膝をつく。振りかえろうとしたところでもう一度、殴打され、意識を失って倒れた。

「まったく、手ごわい相手だ」トーセンはつぶやく。

介護士を病室に運びこんでベッドに寝かせ、工作用に支給された特殊テープで手足を固定した。さらに、シーツをひきさいて手足を縛り、口をふさぐと、そのからだを毛布でおおった。よほど注意して観察しないかぎり、病人が眠っているように見えるはずだ。トーセンはドアを施錠してナースステーションに行き、介護士のＩＤカードを使って監視ヴィデオ映像の一部を消去した。自分が病室を出たところと、介護士を襲ったところを撮影したものだ。その部分に、ドアと時間だけがうつった映像をはめこむ。精密な調査をすればすぐに細工とわかるだろうが、それでも充分だ。介護士がいないことに気づいて二時間以内にだれかが探しにきたとしても、ヴィデオを一見しただけではなにもわかるまい。それで必要な時間は稼げる。トーセンは、ナースステーションを出て非常階段を駆けおりた。

地下には複数の貯蔵室や厨房のほか、有形物の製造室があり、食器からシーツや衣類にいたるまで、使い捨て用品が製造されている。トーセンの予想どおり、ここに人の姿はなかった。

トーセンは各出入口のロボット監視装置をしばらく遮断し、コンピュータ制御の搬入車輛専用の通廊から外に出た。クリニック周囲の駐機・駐車場はすでに夜のとばりにつつまれている。トーセンは闇にまぎれこんだ。

そこへ、グライダー一機が近づいてきた。明るい投光照明があちこち移動して木《こ》の葉《は》や藪を照らしだす。

ブルーク・トーセンは一本の木のうしろに身をかくした。かれはおちついていた。鼓動の変化すら感じない。自分が消えたことに気がついた者はまだいないと、確信していたから。

グライダーは音もなくトーセンのそばを通過した。若者ふたりの輪郭が黒っぽく浮かびあがる。あえてリスクをもとめ、おもしろ半分に手動操縦しているらしい。

トーセンは軽蔑するように、口をへの字に曲げた。

現在のテラでは、グライダーで事故が起きる恐れはない。操縦席にすわる若者ふたりはリスクをもとめているらしいが、実際にはポジトロニクスが作動し、反重力フィールドを展開してなにも起こらないようにするからだ。

トーセンは目が暗闇に慣れるのを待ってから先を急いだ。迷って立ちどまることも、つまずくこともなく、たしかな足どりですばやく歩く。この界隈を何度も訪れて知りつくしているようすで。

じつは、そうではなかったのだが。

トーセンの目的地は、ある九階建ての建物だった。それはトウヒの構造を基礎モデルとして建てられたもので、幹にあたる中央塔からのびた枝上に住居があり、宙に浮いているような感覚をあたえる。実際は、反重力マシンが安全をたもっていた。コントロールのいきとどいたエネルギー・フィールドによって支えられているのだ。

塔にはいるのは問題ない。介護士のIDカードを使って簡易ポジトロニクス一基をやりすごすだけですんだ。困難だったのは、三十メートルほどの高さで塔をはなれて〝枝〟の一本にはいるときだった。ガラス製ドアにはコンピュータ制御の保安装置がついており、警報を作動させずに開けるのに半時間近くかかった。

時間がかかったのは、手が思うように動かないせいらしい。もっと器用にすんなりとできると考えていたのに。そのような作業ははじめてだったので、何度も失敗し、それを補正するのにえらく時間をとったのだ。

それでも、とうとう〝タナー・リカルド医師〟という表札のあるドアの前に立つ。ドアは保安装置がないも同然だったので、開くのに数秒とかからなかった。

住居内には明かりがともっていた。

トーセンは音をたてることなく廊下を進む。話し声が聞こえたのではっとしたが、訪問者がいるわけではなかった。ヴィデオが再生されており、リカルド医師はその前で本を読んでいた。

トーセンは部屋と廊下を仕切っているカーテンを開けて背後から医師に歩みより、手刀でうなじを打った。医師は意識を失った。襲われたことに気づく間すらなかっただろう。

カーテンの閉じ紐で医師のからだを縛り、さらに肘かけ椅子に固定した。こうすれば床を転がって移動することができないので、ドアのインターカムで助けをもとめる心配はない。それがすむと、住居内の捜索をはじめた。医師のIDカードが見つかり、いくつかの重要なドアの鍵を開くのに役だった。さらに、廊下に置かれた自動装置を作動させ、医師が着用するグリーンの上衣とズボン、マスクをつくった。クリニック近辺に住む医師の多くは、家で着がえをすませて出勤することを知っていたからだ。トーセンはズボンと上衣を身につけ、マスクを口にはあてずに頸にかけると、医師の家を出た。

タナー・リカルドはトーセンの診察と治療も担当しており、テラニア・シティで指導的立場にある医師のひとりだ。地球外生物医学の専門クリニックにもほとんど毎日出勤し、宇宙精神医学を担当している。

そのクリニックが、トーセンの目的地だった。

建物には個体走査機が設置されていないので、医師のIDカードで開いた。個体走査機をとりつけないのは、家宅侵入や住人へのいやがらせといった事件がほとんどないためなのだろう。犯罪率は一パーセントを割っているので、高い費用をかけて防犯処置をとる必要がないことは理解できる。

ブルーク・トーセンにとって、それはありがたい事実だった。

地球外生物医学クリニックにくるのに使ったタクシー・グライダーも、IDカードで清算した。

とはいえ、トーセンがグライダーを降りたのはクリニックの駐機場ではない。一キロメートルほどはなれた人家の前だった。

＊

お話があるのでバアまできてほしいという方がいます、と《ザナドゥ》乗務員にいわれ、アンジェラ・ゴアは思わず額にしわをよせた。

とっさに頭に浮かんだのはジャーノン・エックだったが、会う気にはなれない。考えていたのとはぜんぜん違う人間だったとわかってから、ジャーノンに対する気持ちは冷えきっていた。

「時間がないって、かれに伝えてくださる？」と、アンジェラ。

「女のかたなんですが」と、乗務員が答えた。

「そう。じゃ、行くわ」

会ったことのない女だった。どんな用件なのか想像もつかない。アンジェラは儀礼的に挨拶の言葉をかけた。相手がいう。

「メイ・マッキンタイア、テラニア・プレスの者です。イホ・トロトのヴィデオを撮影したと聞いたんですが」

「ええ」

アンジェラには相手の意図がまだわからない。

「それを提供できるのはあなたひとりなんです。完全な記録をとった人は、依頼をうけたカメラマンのなかにもいないので。悪い話じゃないと思いますよ」

マッキンタイアの申しでた金額には、アンジェラも目をみはった。アンジェラはかなり裕福な生活をしており、経済的に逼迫《ひっぱく》してはいない。新聞社の女もそのことは調査ずみなのだろう。であればこその金額だ。断る理由はなさそうだった。

「でも、ヴィデオのコピイは手もとに置いておきたいの。もともと自分のために撮ったんだもの」

「問題ありません。他社の手にわたさないでいただければ」

交渉は数分で終わった。こうしてアンジェラ・ゴアは、またとない取引を成立させた。

＊

ほぼ同じころ、マーリン・サンダースとアディソン・アプティグローヴは、美術商のロバート・アーチボールドと向かいあってすわっていた。

「いまは交渉中なんだ」怒り心頭のアーチボールドの鼻息が荒い。「このような状況で経済的要求をしてくるとは、いったいなにを考えているんだか」

「わたしたちは損害をこうむったので」マーリンの口調は淡々としている。

「損害だと?」アーチボールドはいかにも絶望したふうに頭を振る。「こっちはどうなる? 破滅同然、また一から出なおしだ。いっさいがっさいが、この肩にかかってくる」

「あなたは保険をかけてあるでしょう。われわれ、かけてないんです」アディソンはおずおずとした口調でいった。

「それはわたしの責任ではない」アーチボールドはいらいらと相手の言葉をはねつけた。

「忙しいんだ。じゃましないでもらおう」

「まだひと言も損害賠償について話していないんですけど」と、マーリンがいった。

アーチボールドは驚いてマーリンの顔を見つめた。それから頭を振った。とんでもないことをいいだした、と、いわんばかりに。

「損害賠償はない。ペリー・ローダンも宇宙ハンザも金を出さないからな。血も涙もない連中なんだ。きみたちには想像もつかんだろうが」

「賠償してもらえないんですか?」マーリンはショックをうけたようすだ。

「また美術展を開くことがあれば、チャンスをあげられるかもしれない」

アーチボールドは急いでふたりを執務室のドアに導いた。ふたりは言葉を返すひまするなかった。

ちょうどそのころ、ブルーク・トーセンは、損害をひきおこした当人に接近しつつあった。

＊

トーセンは深く考えずに行動している。夢遊病者のように迷いがなかった。

地球外生物医学クリニックに侵入するのはたやすかった。正面入口を使えば人に見られる危険が高いので、出たときと同じく搬入口を使った。クリニックで必要とされる物資すべてが供給される窓口だ。

イホ・トロトの居場所についてはだれからも教わらなかったのに、トーセンは知っていた。

長い通廊を通って非常階段に接近。そこで、〝医薬品デポ〟と書かれたプレートが目にとまる。

ぎくりとした。

〝デポ〟という言葉が頭をはなれない。

どこかで聞いた言葉だった。自分にとって特別に重要なべつのことがらと関連があるはず。なのに、すこしも思いだせない。

ふと思いついて、トーセンはリカルド医師のIDカードを錠のスロットにさしこんだ。

ドアが開いてライトが点灯した。

医薬品デポに足を踏みいれ、ドアを閉じた。ライトは点灯したままだ。ライトが点灯したということは、その前はだれも室内にいなかったことになる。

ここでの作業は思うようにはかどらなかった。デポ内の勝手がなかなかわからず、目的のものを見つけるのに一時間近くを要する。ようやく作業がすむと、高圧注射器を二本、上衣のポケットにいれた。ひとつには麻酔剤、もうひとつはハルト人の代謝にあわせた興奮剤がはいっている。

そのような装備で、トーセンはデポをあとにした。

看護師がふたり、前方からこちらへ歩いてくる。トーセンはマスクを口にあて、ふたりの横を通過した。看護師たちは笑いながらおしゃべりをしていて、気にとめるようすはない。トーセンのそばを通りすぎてから、ひとりの看護師が振りかえってそのうしろ姿に目をやった。見おぼえのない医師だと思ったが、べつに変だとは感じなかった。クリニックには彼女の知らない医師が多数いるからだ。

階段ホールまでくると、トーセンは階段をあがった。リフトを使えば、同乗者に怪しまれる恐れがある。先ほどの看護師ふたりのように無関心ではないかもしれない。リフトがあるのにわざわざ階段を使う人はいないらしく、トーセンはだれにも会わずに四階に達した。大型宇宙生物用の病棟ドアの前で立ちどまり、耳をかたむけた。物音は聞こえない。通廊に人の姿はなかった。トーセンはコンタクト・プレートに手を触れ、数センチメートル開いたところでドアに手をかけた。センサーが作動して、ドアの動きがとまった。

トーセンはドアの内部をうかがう。

ドアから三歩ほどの場所に、上背のある男がうしろ向きに立っている。トーセンがゆっくりと手をはなすと、ドアはさらに開き、かすかな音をたててとまった。

男が振り向く。警備員だ。

トーセンはすかさず高圧注射器を男のうなじに刺した。麻酔剤を注射され、男は声を出す間もなく意識を失った。床に崩れおちる前に、トーセンはそのからだをうけとめた。音をたてると厄介だ。それから、警備員を階段ホールに運んだ。二時間以内に意識をとりもどすことはないから、縛る必要はあるまい。

気づいた人はいないようだった。通廊に物音はなく、通廊の反対のはしにあるナースステーションから警報音も聞こえてこない。防犯ヴィデオが作動しているにもかかわらずだ。このような事件をカメラがとらえたとき、自動的に警報が鳴るよう設定されていないことは明らかだった。

ブルーク・トーセンは思案した。

最初に行くべき場所がわからない。ナースステーションを偵察するべきか？　それとも、まっすぐイホ・トロトにとりかかるべきか？

ナースステーションのようすを見たほうがよさそうだ。早足だが音をたてずに通廊を奥まで進むと、壁に身をぴったりとつけて、すみから室内をのぞいた。

モニター前の肘かけ椅子に、ブロンドの看護師がすわって居眠りしていた。

トーセンは安堵した。

運がよかった。看護師がもうすこし注意をはらっていたら、警備員を襲ったところを見のがさなかっただろう。

一瞬、ヴィデオ映像を消去すべきかと迷ったが、すぐに思いなおした。どのみち自分の痕跡をすべて抹消することはできないから、意味があるまいと考えたのだ。

もう迷いはなかった。通廊のつきあたりにある白い大きなドアのほうを見る。

鼓動が高まった。心のどこかで、自分の行為に抵抗しているのだった。だが、外部からかれを動かす力は、何者にもとめられないほど強かった。ブルーク・トーセンには脳がひとつしかないからだ。しかも、ハルト人の通常脳に匹敵するものではなかった。

＊

イホ・トロトはようやくおだやかな状態になっていた。

苦痛はかなりおさまった。

異質な力が通常脳にとりついて、ハルト人を完全に征服しようとしつこく試みている。その力を排撃することはできなかったが、友たちに助けられた。トロトのからだを拘束し、さらなる破壊行為を防いでくれた。また、あたえられた薬のおかげで精神的緊張が和らいだ。

それと同時に力も増強された。そのおかげで、思考したり周囲のようすをはっきりと意識したりできるくらいまでに、未知の力を抑止することが可能になった。

トロトは自分が特殊クリニックに入院していることを知っていたし、拘束するのが正しい処置であることも承知している。医師団が診断するさいには、超心理防御ブロックをねらいすまして開くことによって協力した。

ドアの上のクロノメーターは、NGZ四二四年十月十八日、午後十時十四分をさしていた。寝台のそばに、カル＝カア医師とフェルマー・ロイドが立っている。さっきまでグッキーも検査室にいたが、いまはその姿はなかった。

意識がもどったことを知らせるために言葉を発したいと、トロトは思ったが、あたえられた薬が強すぎた。薬には鎮静効果があるが、同時にからだを麻痺させるため、舌と唇が充分に動かないのだ。

「いったいなにが起きたのか、いまだにはっきりしません」と、医師が説明している。「推測の域を出ませんが、はっきりしているのは、イホの内部でなにかが戦っていて、まだ決着がついていないということですね」

医師はイホ・トロトに視線を向けた。トロトは一生懸命に目で合図を送る。だが、医師は気づかない。やがて、ふたたびロイドに向きなおって、

「外部からだれかがこの戦いに介入している可能性があります。そのため、イホをひとりにするわけにはいかない。警備員を増やしてほしいとたのんだのも、そのためです」

「それはすでに手配してある」と、いってから、ロイドはクロノメーターを見あげた。

「警備員四人と特殊ロボット一体が、十分以内に到着する」

医師は安堵してうなずいた。

「イホは、できる範囲で協力してくれるでしょう。かれの計画脳に働きかける検査をいくつかおこないましたが、すべてに対して満足のいく結果が得られています。つまり、計画脳のコントロールはまだ失っていないということですね」

「確認できたのか？」医師の説明にロイドは驚いて、「これまで、わたしのテレパシーを使ってもうまくいかなかったのだが」

トロトは精神を集中した。友に思考メッセージを送りたい。しかし、未知の力のほうが強かった。超心理ブロックを、ロイドの注意をひくくらいまで開こうとしたのだが、できない。それによって人格をさらに失う恐れが大きすぎた。トロトはほんの一瞬で試みを中止した。

「はっきりしていることが、ひとつあります」医師はつづけた。ふたりはからだの向きを変えて出口のほうに向かった。「イホは美術展会場にいた未発見ミュータントの影響をうけたのではないようです」

「わたしもそう考えている」

「つまり、地球外からの攻撃とみて、まちがいないでしょう」

7

ブルーク・トーセンは、ドアのそばで聞き耳をたてていた。男ふたりの声がする。こちらに近づいてくるようだ。

トーセンはそっと横に移動し、待った。

この数秒間、トーセンは生きた人形さながらであった。考えることも、感じることもない。

ドアが開く。

目にはいったのは、フェルマー・ロイドの姿だ。トーセンは迷うことなく、すばやく行動に出た。ミュータントは驚いて目をみひらいたため、貴重な一瞬を失うことになった。

その一瞬で充分だった。トーセンは高圧注射器の針をミュータントの頬に刺す。ロイドは麻酔剤を皮下に注射され、両手を前にさしだしたものの、そのまま意識を失って床に倒れた。

医師は恐怖のあまり、凍りついたように立っている。トーセンはなんの苦もなく医師を麻痺させた。

トーセンは、失神したふたりのからだを整理棚の横に移動させた。これで、だれかが部屋にきても、すぐには目につくまい。それから、イホ・トロトに向きなおった。

トーセンの姿を見ると、トロトは暴れはじめた。ほのかに光るエネルギー繊維のなかでからだを盛んによじる。と、ふいに動きをとめた。

ブルーク・トーセンは麻酔剤のはいった高圧注射器をポケットにいれ、べつのポケットからもうひとつの注射器をとりだして、ゆっくりとトロトの頭に刺した。興奮剤がトロトの皮下にひろがっていく。

使いおわった注射器が、トーセンの手から床に落ちた。次は制御盤だ。トロトを縛りつけているエネルギー繊維はここでコントロールされている。だが、トーセンはそのしくみをよく知らなかった。そこで、まず操作方法を調べにかかった。ひとつ間違えば、拘束を強めてハルト人にけがをさせることになるから。

数分後、やり方がわかった。トーセンはボタンをふたつ押してレバーを回転させた。トロトのからだを拘束していたエネルギー繊維が消えた。

トロトは低くうめきながら身を起こした。暗めに設定した照明に、その目が光る。

「走れ!」トーセンは命じた。「外に出るのだ。われわれ、おまえの状態を知る必要がある」

トロトは寝台からおりた。巨軀がぶるぶる震え、手は電流をうけたかのように小刻みに動いている。

トーセンは制御盤にしがみつき、身を軽く前にかがめてトロトの巨軀を観察した。トーセンのからだもまた、奇妙な緊張に満たされていて、逃れることができない。

「行け、イホ！」トーセンの声がかすれそうになる。

トロトは走行アームをおろした。頭を床すれすれまで垂れて、ふたたびうめく。それは、深い苦悩の声に聞こえた。

イホ・トロトは抵抗している、と、トーセンは感じた。クリニックから逃走しろという命令に全力であらがっているようだ。

「行け！　走るのだ！」トーセンは声をはりあげた。

ハルト人は声をとどろかせ、足で寝台を蹴る。

それから、やみくもに走りだした。

構造転換が起こったらしい、と、トーセンは感じた。トロトに踏まれた床材が割れる。ハルト人は意識を失って倒れているフェルマー・ロイドに向かって突進していった。踏まれれば、床材と同じ運命をたどるだろう。

と思いきや、その一歩手前でトロトは高く跳ねた。生きた砲弾さながらにロイドを跳びこえ、ドアに衝突する。

崩れおちたドアを通りぬけてトロトの巨軀が通廊に消えると、トーセンはほっとした。しばらくすると、通廊の反対側の壁が壊れる音がして、トーセンの顔にかすかな笑みが浮かんだ。

どこかで悲鳴が聞こえてくる。

ブルーク・トーセンは出口に向かった。早々にクリニックを出て自分の病室にもどらなければならない。が、通廊に出たところで男四人に腕をつかまれた。トーセンはまったく抵抗せず、

「いったい、なんです？　ここはどこですか？」と、訊く。

それから十分後、麻酔中和剤を注射されて意識をとりもどしたフェルマー・ロイドに向かって、トーセンは同じ質問をくりかえした。

ロイドはトーセンの思考を読みとった。

自分がどこにいるのか、なにをしたのかといったことを、トーセンはほんとうに知らないようすだった。

「きみはここに侵入したのだ」と、ミュータント。「驚くほど器用にたちまわって、わたしと医師に麻酔をかけ、イホ・トロトに興奮剤をあたえて拘束を解いた。トロトは逃亡し、どこにいるのかわからない。ふたたび捕らえられるかどうかも」

「残念ながら、なんのことか、わたしにはわかりません」トーセンは断言した。「ジャルヴィス＝ジャルヴで、なにやらしでかしたといわれたときと同じらしい。病室のベッドにすわったのはおぼえているのですが、いまあなたがいったことは、いっさい身におぼえがありません」

フェルマー・ロイドはそれだけでは満足せず、トーセンの心を完全に開いてテレパシーで探りをいれた。ロイドはしばらく前から、トロトがセト＝アポフィスに襲われたのではないかという疑念をいだいている。だが、トーセンの意識をそちらに向けても、なにも得られなかった。それでも、なるべく早くペリー・ローダンに、このことを報告するつもりだった。

トーセンはすこしも抵抗しなかった。かくすことなどないと確信しているからだ。自分がどのような疑いをかけられているかは知っていたが、思い違いの犠牲になっていると考えていた。

わたしは精神病者ではない。フェルマー・ロイドの前にすわったトーセンは、自分にそういいきかせた。医師たちがそういったのだから。

それならば、二重生活を送りながら、もうひとつの危険な生活についてなにも知らないのはなぜなのか？

どうやら記憶が部分的にぬけているらしい。

ジャルヴィス＝ジャルヴでもそうだったし、ここテラでもそうなのだ。ベッドにすわったときに、意識が機能停止したのか？　気がついたときにはべつのクリニックにいた。どうやって移動したのかも知らないのに。

なにかが起きたのはたしからしいが、自分が宇宙ハンザにダメージをあたえる行為をしたとは、とても考えられない。

自分は組織に忠実で、いつも義務をおこたらなかったではないか。

トーセンの顔に笑みが浮かぶ。

ジャルヴォン商館では、わたしがあまりに熱心で几帳面《きちょうめん》すぎると、愚痴をこぼす同僚もいたくらいなのだ。

その自分が、地球外敵対勢力の手先となるなんてことがあるだろうか？

ありえない。フェルマー・ロイドのテレパシー探知に対して防御する必要はまったくないのだ。テレパシーを使って心のすみずみまで検査してくれてかまわない。かくすものはなにもないから。

トーセンは問いかけるようにミュータントを見た。

フェルマー・ロイドは確信を失って不満足なようすだ。

一方のトーセンは、まったく違う。

自信があり、満足していた。心にやましいことは、なにひとつないのだから。

＊

イホ・トロトは、未知の力をはっきりと感じていた。それが地球外からおよぼされる力であることは、疑う余地がなかった。

この戦いに敗《やぶ》れたも同然だと、計画脳が告げている。だが、トロトはまだあらがっていた。

どうしてもあきらめきれない。ふたたび自由になりたいという希望を捨てきれないのだ。

トロトは建物の四階の壁をつきやぶり、十メートルほど落下した。地面にめりこんだ手足をぬいて、また走りだす。

すこしでも早くクリニックをはなれたかった。自由になるためには医師やミュータントに会ってはいけない、という論理に動かされている。その論理は自分のものではなかったが。

とにかく、しゃにむに走った。そのからだはテルコニット鋼よりもかたい。それでもしなやかに軽々と前進していく。大きく見開いた三つの目に障害物がうつっても、よけずにそのまま進んだ。

トロトに突進されて反重力グライダーが粉砕され、同じ勢いで塀がつきぬかれ、轟音《ごうおん》をたてて崩れおちた。近所の住人は爆弾が落とされたかと思ったほどだった。

イホ・トロトはいま起きていることを、わずかに意識のかたすみでうけとめるだけ。未知の力にすっかり翻弄されているのだ。その存在はわずかにのこったトロトの人格に触手をのばし、通常脳をさらに支配しようとしている。

高層ビルのあいだの芝地を横切っていると、頭上を飛ぶグライダー一機が目についた。暗闇からエネルギー・ビームがはなたれ、ほんの数センチメートルはなれた場所にあたる。

トロトはすかさずわきに身を投げたが、あぶないところだった。そのまま前進していれば、二発めは命中したにちがいない。

しかし、エネルギー・ビームのせいで気が散り、集中力が落ちたため、自我はさらに失われた。未知の力は執拗にトロトの内部に進出している。危険を感じたトロトは、近くに建つ高層ビルの入口に駆けより、ドアを破ってなかにはいった。ちょうどドアから出ようとしていた老人が、悲鳴をあげてわきによけた。

悪意ある狙撃者は、おそらくビルをまわって反対側で待ち伏せするにちがいない。トロトは横に向きを変え、体あたりして反重力リフトを破壊し、建物の側壁から外に出た。

空を一瞥《いちべつ》。どうやら狙撃者の裏をかいたらしい。

なぜ自分が撃たれるのか、トロトには理解できなかった。

自分はいつも人間たちに親切だったではないか。いま、これほど必死に戦っているのも、かれらを裏切りたくないためなのだ。それなのに、この行動が誤って評価されたことで、殺されそうになるところまできてしまったのか?

トロトは走りつづけた。自由はさらに減ったようだった。通常脳の大部分が未知の力に支配されている。末梢神経系の制御は、もはやできなくなってしまった。

そのため、やみくもに走る段階もここで終わる。

トロトはある特定の方向に導かれるのを感じた。ふいに、〝デポ〟という概念がなんの脈絡もなく頭に浮かぶ。

その意味を探ろうとしても、考えを集中することができない。

トロトは、あたりまえのことのように障害物を避けて進んだ。建物を迂回して芝地を歩き、樹木にいっさい触れずに森のなかを進んだ。そこでふと立ちどまり、うしろを振りかえった。

謎の狙撃者を乗せたグライダーは、百メートルうしろから、まっしぐらにこちらに向かっている。どうやら、まくことはできなかったらしい。

もはや、対決するほかあるまい。

だが、できるなら対決は避けたかった。未知の力に脳を占領され、精神力をフルに制御できない状態では、チャンスがかぎられるからだ。いっときでも外部からの影響をうけずに自由に行動することの重要さが、この未知の力にはわからないのか？　それとも、わたしを手ばなすくらいなら、その死をうけいれたほうがましと考えているのか？

＊

「こんなの、納得できない」と、マーリン・サンダースがいった。ふたりは、美術商ロバート・アーチボールドのオフィスを出たところだ。「わたしたちだって有名な人たちと同じく損害賠償してもらわなくちゃ。わたしたちのほうこそ、それを必要としているんだから」

アディソン・アプティグローヴもそう考えていたが、早々にあきらめたのだ。

マーリンはテラニア・シティの中心地にあるハンザ司令部の係員と映像通信で話したときのことを思いだしていた。どうしたらペリー・ローダンと話せるか、と、訊いたのである。

係員は不思議そうな笑みを浮かべて、

「ペリー・ローダンと話したい？　美術展の事件のことですか？　あれはローダンとは関係ありません」

「ローダンが担当じゃないなら、損害賠償のこと、だれと話せばいいの？」

「申請書を書いて中央コンピュータに入力してください。あそこですべて決められるという話ですから」

こみあげる怒りをマーリンはかろうじておさえた。なんの罪もないアディソンが苦境に立たされているのに、係員にはどうだっていいらしい。でも、官僚主義の無関心さに屈するわけにはいかない。

係員の上司の電話番号をどうにか聞きだしたが、きょうはもう勤務時間が終わったから通じないといわれた。あすまで待てばいい、と、なだめられる。

「それなら、フェルマー・ロイドの居場所を教えて」と、マーリン。「あの人ならこの事件のことを知っているから」

「すみませんが、そうした情報をあたえる権限はわたしにはないので」

それでもマーリンはあきらめない。

フェルマー・ロイドの平時の番号を入力する。ただいま留守にしております、というコンピュータの声が返ってきた。

マーリンはかまをかけてみる。

「地球外生物医学クリニックにいることは知ってるの。ただ、直通番号がわからないだけで」

コンピュータはコード番号を告げた。

礼をいって切り、コード番号を入力すると、ヴィデオ・スクリーンにミュータントの顔がうつしだされた。

とまどった表情をしている。知らない人物が連絡してきたとは、予想もしなかったようだ。

＊

ジャーノン・エックは現在の状況を自分なりに評価し、明白な結論に達した。ハルトイホ・トロトにじゃまされなければ、テラ滞在はとても有意義だっただろう。ハルト人に攻撃されて恥をかかされなければ、アンジェラ・ゴアだって自分になびいていたはず。

だから、トロトを殺すまで戦うしかない。

トロトの移送先をつきとめるのはかんたんだった。テラニア・ヴィジョンに問いあわせたところ、質問されることもなく情報が得られた。

そこで、地球外生物医学クリニックの前で待っていたのだ。そのとき、ブルーク・トーセンがやってきたが、エックの目にはその姿がはいらなかった。たとえ気づいたとしても、なにをすべきかわからなかっただろう。

エックは忍耐強く待った。待っていれば、いつかはイホ・トロトに接近するチャンスがあるはずだから。

ところが、トロトは予想外にも建物の壁を破って外に出てきた。そのためにしばらくあっけにとられてしまい、スタートが数秒遅れた。とはいえ、その遅れは追跡の妨げにはならなかった。グライダーの窓を開ければ、物音ですぐに居場所がわかったからだ。

エックはあらたな武器を手にいれていた。高性能ブラスターで、射程距離は一キロメートル。ただし、赤外線照準器は内蔵されていない。これなら、開けた敷地でトロトをねらうほうがかんたんだろう。技術的手段がないので、すべて感覚にたよることになるが。

時間がなかった。トロトが医師や警備員の意に反してクリニックから脱出したことはまちがいない。つまり、まもなくクリニック側も追跡をはじめるはずだ。

そうなる前になんとかしなくては。

トロトの姿がふたたび下に見えたので、接近して発射。はずれた。なにかがうまくいかなかったらしい。

エックは本気でトロトを追いはじめた。

おや、と、エックは思った。赤い服を着た巨軀の行動が変わったようだ。さっきまでは目の前になにがあろうとまっしぐらに突進していたのに、急に向きを変えて、攻撃に反応しはじめたのだ。

エックは満足そうに笑みを浮かべた。

おもしろい一騎打ちになりそうだ。

「まさに望むところだ」と、小声でつぶやく。ハルト人は森のなかに姿を消した。「力量を見せてもらおうじゃないか。あんたがなにをしようとむだだが、こっちは楽しませてもらうぞ」

敗れるかもしれないとは思いもしなかった。なにしろ、これだけ有利な条件がそろっているのだ。グライダーで高度百メートル地点を飛んでいるから、ハルト人には手出しできまい。しかも、こちらはエネルギー銃を持っている。一方のハルト人は素手ではないか。

つまり、相手に勝ち目はありえない。

クリニックを振りかえった。なにごともなく、ひっそりとしている。追跡者はまだほかにいないようだ。

エックはグライダーの動きをとめて浮遊させ、投光照明を消して窓から身を乗りだした。森は真っ黒で内部のようすはわからない。あのなかにイホ・トロトがかくれているはずだ。

機に搭載した救急箱を手にとり、窓から落とす。

それは、木々の枝にあたって大きな音をたてながら落ちていった。だが、こんな攻撃でトロトを驚かすことはできない。ハルト人はじっとしていた。

8

自我を守る戦いに敗れたことを、イホ・トロトは知っていた。

いまや自分は、おのれの精神のかたすみに立つ傍観者にすぎなかった。

未知の力はいらだっているらしい。トロトの抵抗があまりにも長くつづき、しかも計画脳をまだ思いどおりに支配できないためだ。それでも、通常脳からトロトの自我を完全に閉めだしたことには満足しているようだった。

トロトは、脳のコントロールを失ったとはいえ、自分が死の危機に瀕していることはわかっていた。どうしたら対抗できるかと、思いをめぐらせる。死にたくないという気持ちは弱まるどころか、未知の力のせいでいっそう強まっている。しかも、その力は、せっかく獲得した従僕をやすやすと手ばなすつもりはないらしかった。

トロトは、森の藪のなかを進んだ。全身を耳にして、上からの物音に集中する。こちらをすでに二度ねらい撃ちした男であることは確実だ。おそらく、自分が暴走したときに被害をうけたので、復讐をするつもりなのだろう。

その気持ちは理解できるが、命を犠牲にする気はない。

攻撃をしかけるならば、当然こちらが反撃することを予測しているだろう。ちいさな箱がグライダーから落下し、木々の枝にぶつかりながら音をたてて地面に落ちた。トロトのいる場所から二メートルもはなれていない。

物音をたてずにわきに寄り、箱をひろいあげる。しばらく考えてから、さらに数歩、木々のまばらなところまで移動した。高度百メートルほどの位置に浮遊するグライダーが、暗い夜空を背景にぼんやりと見えた。

トロトはからだをうしろにそらせ、箱を上に向かって投げた。ねらいは甘く、グライダーから二メートルもそれて飛び、森の遠い場所に落下した。

そのとき、グライダーから縫い針のように細いエネルギー・ビームが下に向かって発射された。ビームをうけて樹木が発火し、炎があがって周囲を明るく照らす。さらに二度、三度とエネルギー・ビームがはなたれ、森のあちこちが燃えだした。

いちはやく危険を察したトロトは、まだ火の出ていない場所からひろい駐機場にぬけた。それこそ相手のねらいどおりだった。グライダーの反重力エンジンが音をたてはじめる。

上に目をやると、グライダーが追ってきていた。操縦者はこちらの位置を正確に把握しているようだ。

トロトは歩調を速めた。危険は増している。駐機場を猛スピードで駆けぬけると、馬《ば》蹄形《ていけい》の建物のある、街灯でぼんやりと照らされた場所に達した。

相手はすばやく行動に出るにちがいない。フェルマー・ロイドが自分の捜索を開始するのは時間の問題だからだ。そのことをグライダーの操縦者も知っているはず。殺害計画を遂行したければ、フェルマーの警告をうけた部隊が動きだす前に行動するしかない。

馬蹄形の建物のすぐそばまでくると、トロトは身をかがめた。歩道に敷かれたベトンのプレートを一枚、剝がして持ちあげる。ほぼ五十キログラム。ちょうどいい重さだ。円盤のように腕にかかえると、からだを二回転させて弾《はず》みをつけ、接近しつつあるグライダーめがけて投げた。

周囲が暗いので、円盤は一メートルも飛ぶと見えなくなった。

じっと聞き耳をたてる。

鈍い衝突音。どうやら、グライダーに命中したらしい。

とどろくような笑い声がトロトの口からもれた。

頭上で閃光がきらめく。グライダーから水平方向にちいさな炎が何度もはなたれた。エンジン音が高まる。どうやら、操縦者が落下を防ごうと懸命になっているようだ。

グライダーは付近におりてくると予測された。ところが、急にスピードをあげて、トロトの頭上を五十メートルの高さで飛びすぎると、馬蹄形の建物の反対側で見えなくなった。

謎の狙撃者がここで攻撃をやめるとは思えなかった。そこで、トロトは建物の反対側に向かった。そのあたりに着陸したはずだ。だが、どうやら思い違いだったらしい。

そこへ、クラクションの音。

振り向くと、二百メートルほどはなれた場所にドーム形の建物がある。二列にならんだ街灯が建物をかこんでいた。グライダー操縦者のところに行くには、その光の帯のなかにはいらなければならない。

相手は居場所をかくす気はないらしく、クラクションをふたたび鳴らすとともに、グライダーの投光照明をつかのま点灯した。トロトを呼びよせているのだ。

だが、トロトのほうは、炎に跳びこむつもりはない。ひそかに歩道まで歩き、またしても舗装材のベトンプレートを剝がした。先ほどと同じく、円盤投げの勢いで宙に飛ばす。

耳をつんざくような轟音。命中したのだ。

しかし、トロトはこれでやめることはしない。プレートをさらに二枚、グライダーに命中させた。と、エネルギー・ビームが向かってきた。わずかにそれたが、からだに熱を感じた。

しまった、と、トロトは思った。

同じ場所にとどまるべきではなかった。相手はそのあいだに移動していたのだ。それでも、グライダーを破壊したのは大きなプラスだった。相手の武器をひとつ奪うことができたのだから。

燃えている森の上空に、グライダーが数機あらわれた。

フェルマー・ロイドによる捜索が開始されたらしい。

未知の男と数分以内に決着をつけるか、さもなくば完全に振りきるしかあるまい。

自分にはもっと重要な任務があるのだから。

またしても〝デポ〟という概念が頭をよぎる。だが、その概念を確実にとらえて熟慮することができない。

トロトは走行アームを地におろした。

なぜ〝デポ〟という言葉が頭に浮かぶのか？

〝デポ〟とはなんのことか？　自分にとって意味があるのか？　自分を支配している未知の力と関係があるのか？　その未知者のおかげで、わたしには自我のちっぽけなかけらしかのこされていないのだ。

急ぎ足の足音に、トロトははっとわれに返った。ほんの数秒、敵対者のことを忘れていたようだ。

すぐに藪のかげに身をかくした。相手の男をまいて、対決を完全にかわそう。自分の行き先を、男は知らないのだから。グライダーがなければ、追跡を恐れる必要もない。

イホ・トロトはからだを振ると、走りだした。

だが、百メートルと進まないうちに、突然、ひとりの人間が目の前にあらわれた。武器が閃光をはなつ。エネルギー・ビームが頭をかすめて飛び、トロトは思わず大声をあげた。

トロトは攻撃をかわそうと、わきによけた。だが、光で目がくらんだうえに、動きが速すぎた。

相手に思いきり衝突してしまう。男のからだは地面に投げつけられた。エネルギー銃が大きく弧を描いて宙を飛んだ。

トロトは数メートルはなれた場所で立ちどまる。振りかえった。

芝地に横たわる人間は、じっとして動かない。

一団のグライダーが接近しつつあった。たがいに十メートルほどはなれて編隊を組み、エネルギー・ネットを展開している。これ以上ぐずぐずしていると、捕らえられてしまう。

だがトロトは、自分を襲撃した男がどうなったか、逃走する前にどうしてもたしかめたかった。

あわれな男だ。わたしのじゃまをしなければ、傷つくこともなかったのに。すぐれた戦闘能力を見せた男に、トロトは敬意をいだいていた。男に駆けよって身をかがめ、手でそっとからだを探る。

ジャーノン・エックは死んでいた。

一騎打ちがこのような結果になったのが悔やまれる。できれば時間をもどして、やりなおしたい。トロトはそう思い、グライダー部隊に警告しようと、立ちあがって手をあげた。そのとき、ふたたび未知の力に襲われた。

走行アームをおろして逃げろ、と、未知の力がもとめてくる。抵抗してもどうにもならない。

トロトは、猛スピードながらもしなやかな動きで夜の闇を進んだ。跳びこえられない障害物はよけて通り、すぐにグライダー捜索隊を大きくひきはなした。

未知の力にはげしく対抗しようと、何度試みたかわからない。だが結局、この一騎打ちにはとっくに敗れたのだと悟った。

あとはあきらめるしかなかった。

＊

テラニア・シティは明るい光につつまれている。

さっきまでトロトのいた地区では、無数のグライダーがパトロール飛行をおこなっているところだ。トロトは丘の円頂からそのようすをながめた。

短時間で集められる人材を総動員して捜索にあたっている。だが、成果はない。自分はまたしても追っ手の目をくらましたのだ。トロトはおちついて客観的に事実をうけとめた。とはいえ、完全にまいたわけではなかった。捜索隊はいまのところ、誤った地区を集中的に捜索しているが、いずれは赤外線暗視装置を使ってこちらの居場所をつきとめ、身元を確認して捕獲するだろう。だから、できるだけ距離をひきはなしておきたかった。

丘をおりてさらに先を急ぐ。無数の街灯やサーチライトに照らしだされていない場所はほとんどなかったが、そうしたところを選んで進んだ。足跡は気にとめなかった。地下施設につづく建物にはいるつもりだったからだ。地下にはいれば、数百メートルは目をくらますことができるだろう。

進行方向を何度も変えながら五キロメートルほど走ったころ、〝地下ショッピングセンター入口〟と書かれた発光文字が目にはいった。反重力斜路に突進し、入口をふさいでいた格子を破壊する。縦横にはしる地下通廊を駆けぬけ、はいった場所から三キロメートルほどはなれたところでふたたび地上に出た。追っ手は通廊出口をしらみつぶしにあたるか、地下通廊に進入して足跡を調べるしか方法はあるまい。

フェルマー・ロイドがいまだにこちらを発見できずにいるのは、最適条件のもとでないと使用不可能な捜索機器を、すべて動員できていないからだろう。トロトの生体データに調整した個体走査機や、細胞活性装置に反応する探知機などだ。

トロトは建物のあいだの空き地を猛スピードで走りぬけ、宇宙港に向かった。そこはテラニア・シティの近郊で、暗闇が人目から守ってくれる。人家から二百メートルくらいの場所を何度も通ったが、だれも気にとめなかったようだ。

〝デポ〟のことばかり考えている。〝デポ〟に到達したいという願いがますます強まり、トロトは思わず自問した。わたしは脳がふたつあるせいで実行できないなにかを、からだで体験しようとしているのだろうか。あらがえない力が、トロトをテラニア・シティの宇宙港へと駆りたてていた。

宇宙港の外縁部までくると、トロトはぴたりと動きをとめた。問題となるような障害にあわなかったのはさいわいだった。障害があれば、ことごとく踏みつぶしていただろう。おのれを支配する力が、テラを脱出させようとしている。じゃまするものがあれば、破壊してでも。

トロトの興味は、着陸床のすみにある宇宙船に集中した。現在ではめずらしい球型艦で、直径二百メートル。かつてのテラ級重巡洋艦の現代版といったところだろうか。ライトアップされた艦体に〝ツナミ36〟という文字がくっきりと浮きあがっている。

艦名を見てもトロトにはぴんとこない。特務艦隊ツナミのことは知っているし、奇妙で危険な任務に使われたことも聞いていた。だが、真実の情報はない。聞き知ったことは、ただの噂でしかないからだ。

目の前にそびえる《ツナミ36》は自分にうってつけに思われたので、トロトは乗艦することに決めた。

追跡者たちは、自分がテラを脱出するつもりだとは思っていないだろう。丘をこえて宇宙港の貨物倉庫に向かっているとき、はるかかなたに町の明かりが見えた。そこと自分とのあいだに無数のグライダーが飛んでいたが、コンピュータ制御のもとに決められたコースを移動しているようだった。捜索隊のグライダーが一機もなかったところをみると、追跡者はこちらのシュプールを失ったとみてまちがいない。

トロトは貨物倉庫をかこむ柵を軽々とこえ、建物のあいだの暗闇におりた。だれからも見られずに着陸床のへりまでくると、探すまでもなく照明制御ボックスが見つかった。ここで宇宙港の照明の一部をコントロールしている。《ツナミ36》を照らすスポットライトのいくつかを消すのは、たやすかった。

トロトは宇宙船に向かって走った。開かれた貨物用エアロックを通って乗艦。エアロックのところで作業していた男たちが、なぜ明かりが消えたのかとぶつぶついっている。宇宙船内の通廊は驚くほどしずかだった。どうやら乗員はすくないようだ。

出発までキャビンのひとつにかくれて、そのあとは乗員をなんとかすればいい。

一時間後に《ツナミ36》はスタート。

イホ・トロトは安堵した。これで追跡者を完全に振りはらったことになる。

キャビンを出て司令室に向かった。宇宙船をみずから制御するつもりだった。

司令室に通じる通廊に達したとき、宇宙船はとっくにテラをはなれて太陽系辺縁部に向かっていた。スクリーンを見ると、べつの宇宙船がうつっている。

トロトは足をとめた。もう一隻の宇宙船が接近しつつある。なんらかの作戦行動がはじまろうとしているようだ。トロトはそのようすを見守った。数分が経過すると、接近した宇宙船は《ツナミ36》とそっくり同じであることがわかった。

この作戦行動にどのような意味があるのかわからない。失策をしないために、計画を変更したほうがよさそうだ。トロトは司令室に行くのをやめ、《ツナミ36》のかたすみにあるキャビンにかくれた。

＊

イホ・トロトがすでにテラからはるかにはなれた場所を飛んでいるころ、テラニア・シティでは、マーリン・サンダースが映像装置のスイッチを切っていた。ニュースによると、特殊部隊によるハルト人イホ・トロトの捜索がいまもおこなわれているということだった。

「朝までにイホを捕らえるっていうけど、ほんとうに可能だと思っているのかしら？」と、マーリンは訊いた。アディソン・アプティグローヴがリビングにはいってきたところだ。

「どうでもいいよ、そんなこと」アディソンは不機嫌に応じた。

そのとき、ドアチャイムが鳴った。

「だれかな？　こんな時間に」と、アディソン。

「すぐにわかるわ」マーリンは大変な一日だったのが嘘のように、うきうきと玄関に向かう。リビングにもどったときには、フェルマー・ロイドをしたがえていた。

「マーリンにたのみおとされてね」と、ロイドがいった。「きょうのうちに訪問すると約束するまで、承知してもらえなかった」

「ええ、そのとおりですけど」マーリンがロイドに訊く。「なぜ、わたしをじろじろ見るんですか？」

「小切手を持ってきた」

「わあ」小切手に書かれた賠償額を見て、マーリンは思わず嘆息した。「すごいわ」

それから、にやにやしているフェルマー・ロイドに目を向けた。

「なにか、おかしいことでも？」

「小切手をよく見てごらん。正確に指示したんだが、どうにもならなかった」

「ミスタ・アディソン・アプティグローヴに、〝ミスタ〟・マーリン・サンダースですって」マーリンは声をたてて笑った。

「フェルマー・ロイドといえども、コンピュータには太刀打《たちう》ちできないわけですね」と、アディソンがいった。

「男ふたりがいっしょに住んでいるって、変に思う人がいるかも」と、マーリン。

「心配はいらない」フェルマー・ロイドは応じた。「芸術家はいろいろな点で大目にみてもらえるものだ」

ふたたびチャイムが鳴った。アディソンが玄関に出て、かなり酔っぱらったガレット・アグレントといっしょにもどってきた。

マーリンは満面の笑顔で老人に挨拶すると、小切手をかざした。

「もちろん、借金の返済にも協力するわ」

「それにはおよばんよ」と、ガレット。「借金はもうなくなったから」

「そんなの、信じられない」

「ま、完全にってわけじゃないがな。賭けをしたんだよ。これですべて清算できるはずだ」

「まだそんなばかなことを」と、アディソンがいうと、

「ばかでなんかあるもんか。こんどこそ、つきがまわってきたんだ。この賭けには勝てる。イホ・トロトが夜明け前に捕まるのと同じくらいに確実だ」

それを聞いて、フェルマー・ロイドは腰をおろし、

「ウィスキーをもらえるか?」と、たずねた。「すこし気つけがいる」

アルキストの英雄

エルンスト・ヴルチェク

登場人物

ペリー・ローダン……………………宇宙ハンザ代表
アルガー・スターバル…………………惑星アルキストの商館チーフ
アスカアルグド……………………アルキスト商館の設計部長
グウェン・コーリン
エレーヴァ・ドレイトン }……………同設計部スタッフ
ジャーモ・ヒラード…………………同コンピュータ専門家
リンデ・ヒーフェン…………………同職員。スポークスマン
アシャンタチト……………………昆虫生物

1

リンデ・ヒーフェンはアルキスト商館の女スポークスマンだ。商館職員ならだれでも、自宅から商館コンピュータのネットワークにアクセスできる。リンデは住民たちの代弁者として、職務上の内容であれば無料でコンピュータのサービスを利用することができるのだ。だが、いまやろうとしていることは商館の仕事とは関係ないし、けちなことはしたくない。そこで、個人回線からアクセスすることにした。このほうが情報のプライバシーも守られる。

〝支払〟キイを選択。

端末のスクリーンが明るくなり、〝リンデ、愛してる〟という文字があらわれた。

それは一瞬で消え、矢で射ぬかれたハートのシンボルになった。前回は赤いバラの花束だったのに。

あまりに腹がたったせいで呼吸が苦しい。やっとおちついたとき、キューピッドのシンボルは消え、商館コンピュータのはりのある声が響いた。

「リンデ・ヒーフェン、ご用はなんですか?」

「高いお金をはらっているんだから、あんないやがらせはやめてほしいわ!」女スポークスマンは文句をいった。

「どういう意味でしょう?」コンピュータの人工音声には驚きがふくまれている。

どこかのいたずら好きから匿名で愛のメッセージを送られたのは、もう二度めだった。これが冗談であることは、疑いようがない。リンデは自分が男から好かれるタイプではないことを知っていた。それにしても、自分の個人回線にはいりこんだのはだれなのか。断固、つきとめるつもりだった。

＊

グウェン・コーリンは休暇の大部分を、惑星アルキストの手つかずの自然のなかですごす。機会さえあればアルキスト・パークをはなれ、憩いの地を訪れた。それは、商館から千キロメートル南の場所に自分でつくった生存用ドームだ。

周囲をジャングルにかこまれ、危険な湿地がそこらじゅうにあって、驚くほど多種の動物が棲息している。大型野獣の狩猟に情熱を燃やすグウェンにとって、ここは価値ある場所だった。商館では、設計部スタッフの一員として勤務している。設計部長のアスカアルグドはアコン人で、いつもストレスをかかえたキャリア志向のあわれな男だ。だが、永遠に建設中のアルキスト・パークにしても、上司にしても、いまは遠くにはなれており、グウェンの頭にはなかった。

生存用ドームには、ささやかとはいえ、必要な設備はすべてそろっている。それで充分なのだ。空調装置、蚊などの虫をよせつけないための超音波機器、水浄化装置、充分な食糧備蓄。そしてもちろん、テレカムと、狩猟ブラスター用バッテリー。可及的すみやかに快適に商館からはなれるためのスポーツ浮遊機は、いうまでもない。

テレカムはできるなら携帯したくないのだが、商館の指示なのでしかたない。毎日二回、コンピュータにアクセスして安否確認の連絡をするよう義務づけられている。文明との接触はこれ以外にはない。

商館では、グウェンは変わり者とみなされ、アウトサイダーあつかいされていた。だが、それはジャングルのまんなかに別荘をつくったためばかりではない。狩猟への情熱がその主因であり、また悪評の原因でもあった。

だからといって、グウェンは異常性格ではない。かれの狩猟好きは、意識下の攻撃的性向によるものではなく、あくまでスポーツの一種なのだ。

グウェンはアルキストの動植物を研究することで、自分の行動を正当化した。この十年間、趣味にふけりながらも、惑星内の動植物相について、数多くの貴重な資料を商館コンピュータに提供してきたのだ。

にもかかわらず、グウェンは〝密猟者〟と呼ばれている。本人はそれを悪気《わるぎ》はないのだろうと考え、軽くうけとめていたが。もしあるとしても、どうでもよかった。グウェンのような一匹狼は、ほかの人がなんと思おうと気にしないものだ。

のこる休暇はあと二日。めいっぱい楽しむつもりだった。毎日二回、半時間、呼吸マスクをつけずに散歩するのもそのひとつ。軽率もいいところだ、と、ローゲン医師に警告されたが、散歩によって健康を害したことを示唆《しさ》するものは、診断結果のどこにもない。

寝る前には商館コンピュータに安否確認の連絡をいれる。〝元気でやってるからじゃましないでくれ〟と、心のなかでつけくわえながら。

早めに床について、次の朝早く狩猟に出かける予定だ。だが、空は雲におおわれている。好天は期待できそうにない。商館に問いあわせれば確認できるが、できるだけ依存したくなかった。

しかたないな、アルキストは荒天ばかりなんだから……と、思いながら身を横たえる。グウェンの眠りはいつも深く、周囲の世界が沈没しても目をさまさない。すくなくとも、本人はそう信じていた。

ところが、その夜は地面がはげしく揺れて目がさめた。意識がぼんやりとした状態で、風のうなりのような音を耳にした。遠くで鳴っている雷鳴のようでもあった。ドームの窓から鮮やかな稲光が見えたが、その現象はまもなく終わった。雷雨が遠ざかったのだろうと考えて、何度か寝返りを打ったのち、ふたたび眠りに落ちる。

翌朝になってドームを出ると、周囲の景色は一変していた。

*

ツォプシュチは、まずチャットからはじめ、次にゲシュト、さらにほら吹きのブシャンチェシェツの翅《はね》に傷をつけた。これで、アシャンタチトとの力比べのじゃまはなくなった。もはや反抗する戦士はいない。

ツォプシュチは翅をひろげて胴体をふくらませ、兵営内をいばり歩く。勝利を報じるために翅をりんりんと鳴らす。その音があまりにやかましかったので、下の荒廃した平原にいるクルメ・クナラーたちの耳にもとどいたほどだ。猛者ツォプシュチが戦士たちの頂点に立ち、勝利に導こうとしていることをかれらが知ったら、恐ろしさに身を震わせるだろう。ツォプシュチは配下の戦士を鼓舞してそそのかし、下賤なクルメ・クナラーの一味をやっつけたいと願っている。

それが、フェイネン・アツトからの指令だった。

しかし、ツォプシュチは平原に達する前にエットチトの闇討ちにあい、地面に倒された。反撃しようと考える間すらなく、脈翅《みゃくし》を傷つけられた。こうしてエットチトが戦士の群れの首領となった。

退却するツォプシュチの翅は萎えて垂れさがっている。苦々しい思いでエットチトの鼓舞を待つ。

＊

アルガー・スターバルには懸念があった。

じつのところ、かれが悶々《もんもん》としているのは、四年前に商館チーフになったときからずっとだ。商館や宇宙港の増築のことで問題がないときには、例のリンデ・ヒーフェンがかならずあらわれて、たのみごとをしては悩ませる。スポークスマンであるヒーフェンは、アルキスト・パークの住民の福祉向上のためと称して、抗議活動やら会議やらをひっきりなしにたちあげていた。

しかし、スターバルはひそかに疑念をいだいている。ヒーフェンのしていることは、住民の利益というのは二の次で、主眼は商館執行部への攻撃にあるのではないか、と。商館チーフである自分に対する個人攻撃とうけとめる理由はいくらでもあった。ヒーフェンがいま手がけているのは〝アルキスト・パークにおける生活の質向上〟キャンペーンの宣伝活動だ。生活の質という点でなにかを変えるのがいかに困難かということを、ここに住む者ならだれもが知っているというのに。

だが、これには甘んずるしかあるまい。スターバルのほんとうの危惧は、もっとべつのところにある。

じつはこのところ、説明のつかない出来ごとがいくつか起こっていた。テラのハンザ司令部に通達したところ、ほかのいくつかの商館でも似たような現象があったと判明。といっても、なんのなぐさめにもならないが、それでもハンザ司令部は手を打つと約束した。

スターバルの憂慮する出来ごとがこれ以上激化すれば、アルキスト商館の存続がおびやかされかねない。これまでのところは許容範囲内ですんでいる。ほとんどの人はユーモラスにうけとめて、冗談まじりにこういったほどだ。

「いったいだれだ、われわれに泥の塊りを投げてくるのは?」と。

だが、そうしたものが自分の居住区に落下してくれば、笑ってはいられまい。どうすればそれを防げるのか、スターバルは考え、商館コンピュータに指示をあたえた。住民が落下物に無防備でさらされることのないように、一連の包括的な保安対策を講じさせる。これを担当するのは、コンピュータ専門家のジャーモ・ヒラード。五十代なかばのおずおずとした印象の男だが、この分野の権威だ。スターバルのまわりには優秀な人材がそろっている。

ヴィデオカムが鳴り、控え室にいる秘書のジュプ・コレインがスクリーンにあらわれた。コレインは三十二歳、スターバルと同年齢の男だ。オールラウンド・プレーヤーで、企画にかけては右に出る者がない。

「ジャーモ・ヒラードがきています」と、コレイン。「中間報告を……」

それにつづいたのは叫び声だった。コレインがうしろに跳びすさり、両手で頸筋をつかむようすがスクリーンにうつる。その背後からヒラードの悲鳴がした。コレインのうしろから跳びかかる影のようなものが見えたが、画像障害かもしれない。異常な現象が起こりはじめてから、こうしたことが頻発していた。

それでもスターバルは、はじかれたように立ちあがり、隣室のドアを開けた。コレインが椅子から床に倒れ、頸にくっついたスライム状のものを剝がそうと、両手を使って必死にもがいている。ジャーモ・ヒラードは凍りついたようにその横に立っていた。

スターバルはすぐさま秘書に跳びかかり、その頸についたものを両手でひきはがした。スライム状の塊りが手のなかでぴくぴく動く。はげしい嫌悪を感じたスターバルが壁に向かって投げつけると、それは鈍い音をたてて破裂した。

ふいに、両手に焼けるような痛みを感じた。見ると、スライムに触れた個所に、細かい水泡がびっしりとできている。コレインの頸も真っ赤なみみず腫れの状態になっていた。

「ちくしょう。いてて」はげしい痛みにコレインの声がかすれる。

スターバルが応急処置スタッフを呼びだそうとしたとき、ジャーモ・ヒラードが恐怖に満ちた叫びをあげた。

「外を見てください！　なんだ、あれは？」

窓から外を見て、スターバルの顔から血の気《ちけ》がひいた。さっきコレインの頸にくっついたものと同じものが、いたるところに転がっている。だれかが冗談まじりにいった言葉を思いだし、商館チーフは心のなかで叫んだ。

こんどはいったい、なにをわれわれに投げてきたんだ？

2

「この日の日記には特別なマークをつけたい」設計部長のアスカアルグドは建設現場を満足そうにながめた。「きょうは騒動もなく、ノルマを三十パーセント達成した。この調子で建設が進めば、高速道路は予定の期日までにしあがるだろう」

宇宙ハンザ設立と同時にはじまった新銀河暦、すなわちNGZ四二四年の十月十五日は、ほかの就業日と変わりなく経過していた。すべてが順調だった。

作業ロボットの故障はなく、人間とマシンのタイミングは抜群だったし、商館コンピュータからは一度もじゃまがはいらなかった。

「それにしても、宇宙港から商館への道路を建設する理由がわからないわ」といったのは、設計部スタッフのエレーヴァ・ドレイトンだ。呼吸マスクを軽く持ちあげて、「ほんとうに不思議。こんな大規模プロジェクトがなんの役にたつんでしょう」

「同感ですね」と、ブルー族のカセルク。宇宙港の貨物担当責任者だ。だが、現状の宇宙港は許容量の三分の一しか使用されていない。「宇宙港は縦二十キロメートル、横四十キロメートルのひろさで、一日に百五十隻までの発着が可能です。ところが、現在の平均発着数は十二隻にすぎません。貨物室はからっぽに近い状態だ。なのに、なぜ道路をあらたに建設するんですか？」

「われわれはアルコン人の愛顧をめぐって、ライヴァルであるスプリンガーと熾烈《しれつ》に争っている」と、アスカアルグドが答えた。「商館の増築が終われば、フル操業がはじまるんだ。そうなれば、きみも貨物室がからっぽだなどと愚痴をいってはおれまい、カセルク。いまのわたしと同様、仕事に追われてストレスに苦しむことになる」

三人がいる設計部の制御キャビンは移動可能で、反重力フィールドによって空中に浮いている。酸素供給装置が装備されているので呼吸マスクはいらないのだが、現場視察のため外まわりがほとんどなので、マスクをつけるのが習慣になっていた。惑星アルキストの大気にはさまざまなガスが混じっており、長期的には酸素呼吸生物のメタボリズムにダメージをあたえると考えられている。

エレーヴァ・ドレイトンがふたたび呼吸マスクを指でつまんで持ちあげた。

「交換したほうがいい」と、アスカアルグド。監視装置をチェックしながら、視野のすみでエレーヴァの動きを見ていたのだ。

エレーヴァはいわれたとおりにする。

「仕事に追われているのは、すべて自分でやらないと気がすまないからじゃないですか。

グウェン・コーリンを見習ったらどうでしょう。あの人、いつだって冷静そのものですよ」

「密猟者には、わたしのような重大な責任がないからな」と、いいながら、アスカアルグドはスクリーンを見守る。まだかたまっていない土台に、ロボット・チームが二本一対の柱をはめこんでいた。定められた位置からわずかにずれたため、修正するよう指示をあたえ、「グウェンはいったいどこをうろついている？」

「相《あ》いかわらず、戸外で開拓者のまねごとをしているみたいです。あさって仕事にもどる予定ですが。あの人がいなくて困るなんて、いわないですよね」

「現段階では、ひとりぬけても痛いのだ」アスカアルグドはまだなにかいうつもりだったが、そのとき監視装置が音をたてた。興奮して声が高まる。「なんだ？　またなにかあったのか？」

アスカアルグドはすばやくキイボードに指をはしらせ、数字を入力した。が、音はいっこうにやまない。

「ロボットども！」見くだすようにどなりつける。作業チームふたつの連携がうまくいかないらしく、たがいにじゃましあっているのだ。「HS三十三部隊とHS十四部隊が対立しているではないか。どういうわけか、遠隔操作ができない。エレーヴァ、現場に行くんだ。問題を解決しろ」

「奴隷あつかいですね！」エレーヴァ・ドレイトンはくったくのない調子でいい、新しい呼吸マスクをつけた。反重力ベルトのスイッチをオンにし、ガスを通さないエネルギー・バリアを通過して外に出る。

「わたしも仕事にもどります」と、カセルク。「宇宙船三隻の貨物をおろすことになっているので。からっぽの貨物室がたくさんあるから、さて、どこにいれたらいいか」

「うらやましい悩みだな」と、いいながら、アスカアルグドは外のようすをながめた。空中にのびた道路の先端におりたつエレーヴァ・ドレイトンを、技師ふたりが両わきから支えているところだ。

つづいてカセルクもエネルギー・バリアに向かった。

だが、ブルー族が通過するより先に、それは起こった。

笛のような音が聞こえたかと思うと、しだいに大きくなり、やがて嵐を思わせる鈍い音に変わった。だが、風はない。惑星全体の大気が動きをとめたかのようだ。

グレイの雲におおわれた空が、すこしずつ色を変えていく。ときどき、遠くの稲妻を思わせる閃光がはしる。だが、雷鳴はない。

「またしても、だれかが投げてくるな」と、カセルクがいった。すでに何回か同じようなことがあったのだ。これにつづいて起こる現象のせいで、宇宙港や高速道路の工事に何度も支障をきたしている。

だが、今回の音はいつになくはげしかった。地面は強い地震のように揺れ、高速道路もぐらついている。建設ロボットの制御がきかなくなり、狂ったように走りまわる。そんなマシンの一体が道路のへりから転落した。

こうした出来ごとが、ぼんやりとカセルクの目にうつる。ゆがんで不透明なガラスを視覚器官の前にあてられ、光がそこで屈折するような感じだった。

大気中にはしる閃光がはげしさを増す。異次元のなにかが、無理やり侵入しようとしているようだ。計器類は機能停止したり、めちゃくちゃな数値をしめしたりした。アスカアルグドはテレカムのスイッチをいれたが、この世のものとは思われない鋭い金属音が鳴ったので、すぐに切った。

こうした随伴現象もすでにおなじみだが、今回のは数倍のはげしさだ。道路で爆発が起こり、ロボット数体が破裂した。

エレーヴァ・ドレイトンと技師ふたりは身を伏せ、揺れ動く高速道路から振りおとされないように手足をつっぱった。

鈍いうなりは、いきなり耳をつんざくような金属音に変わる。制御キャビンがハリーン級の風にとらえられて、旋回しながら舞いあがった。支えを失ったカセルクのからだが飛ばされ、アスカアルグドに衝突した。

制御キャビンが想像を絶する力で運び去られるようすが、エレーヴァ・ドレイトンの目にはいった。エレーヴァと技師ふたりは、重さ数トンもあるロボットもろとも道路上を飛ばされていく。

大気が破裂するかに思われた。とてつもないなにかが前進している。さっきまで宇宙港に通じる道路が弧を描いていた場所に、突然、巨大な塊りがそびえたった。宇宙空間の未知の場所からアルキストに出現したその構造物が空気を圧縮し、強大な圧力波を起こしたのだ。道路とロボットは巨塊の下敷きとなった。その末端部分にいた三人のからだも、すさまじい力にとらえられ、ボールのように振りまわされる。

それは、出現したときと同じく、いきなり終わった。閃光も風のうなりもやみ、地面の揺れはおさまった。

「エレーヴァ、だいじょうぶか？」

技師のひとりが訊いた。

「ええ、けがはないわ」と、答えたものの、胸がはげしく痛んで気を失いそうだった。どこかでサイレンが鳴りだした。影が落ちたので見ると、技師が立っている。

「動かないほうがいい。まもなく医療ロボットが到着するから心配はいらない」

「なにがあったの？」エレーヴァは視線を上に向けた。「あれはなに？」

山脈ほどもあるものが目の前にそびえている。そこかしこから道路やロボットの残骸がつきでていた。石灰岩を思わせる灰白色の塊り。原初世界からアルキストに向かって、だれかが投げつけたのだろうか。

「さいわい物的損害ですんだが、われわれ、あやうく死ぬところだった。あ、アスカアルグドだ。救護コマンドより早いな」

制御キャビンがすぐそばでとまり、跳びだしてきたアスカアルグドとカセルクがエレーヴァに駆けよった。

「商館に急行だ」と、アコン人。「われわれの支援を必要としている。もし、居住区に同規模の塊りが落ちたとすると……」

そこで言葉を切り、技師に合図をあたえた。エレーヴァを担架《たんか》でキャビンに運ぶのを手伝わせるためだ。

「エレーヴァ、きみを医療ステーションに運ぶ」アスカアルグドは、歯を食いしばって痛みをこらえている若い女にそういうと、カセルクに向きなおり、「動員可能な人材をすべてアルキスト・パークに集結させるよう、手配したか？」

「手配ずみです」と、カセルクは答えた。

エレーヴァ・ドレイトンを移動式キャビンに運びいれる。もうひとりの技師が乗りこみ、アスカアルグドがエンジンをスタートさせ、キャビンは離陸した。充分な高度に達し、商館に向かって進みはじめると、災害の規模が一望できた。

アルキストの緑地帯に、二キロメートルにわたって高さ二百メートルほどの灰白色の土の山が出現していた。縦横に裂け目がはしり、いまも小刻みに揺れている。その先端部は道路までのび、五十メートルほどが下敷きになっていた。損害額は数百万ギャラクスをくだるまい。それでも死者が出なかったのはさいわいだった。エレーヴァの傷も、深刻なものではなさそうだ。

「これはすごいな」カセルクの声には驚きがこもっている。「これまでにきたものすべてをあわせたよりも大きい。それにしても、どこからきたんだろう？」

その疑問には、だれも答えられない。

「アルキスト・パークに被害がおよんでいなければいいが」と、アスカアルグド。

その希望はかなえられた。遠方から確認できたかぎり、商館の建物群や居住区に灰白色の構造物は見られない。だが、商館の上空にはいると、べつの被害をうけていることがわかった。

大気中にグロテスクな生物がうようよしていた。青みがかってほのかに光り、遠目にはクラゲに似ている。大きさはかぼちゃくらいから、樽ほどのものまであり、触手のようなものが何本も出て環になっている。触手はぴくぴくと動きながら、人間だろうとマシンだろうと、いったん触れたらくっついてはなれない。移動式キャビンにもすでにこの未知生物がいくつか、くらいついている。

商館への通勤に使われる浮遊機、グライダー、人員用プラットフォームなどの乗り物ている。

も同じ状態だ。クラゲに似た生物のとてつもない大群が、商館と居住区の上空を満たしている。

路上はすさまじい混乱状態だった。安全な建物に逃げこもうとめちゃくちゃに走る人々が、アリのように見えている。一団の人々が〝空中クラゲ〟の群れから逃れるためにドーム形ビルに駆けこもうとして、ビルから走りでたべつの一団にぶつかった。かれらも背後から空中クラゲの群れに追われていたのだ。

「まずはエレーヴァを医療ステーションに運ぼう」と、アスカアルグド。「それから、商館本部に向かう。この危機を克服するのに、スターバルは猫の手も借りたいほどだろう」

3

リンデ・ヒーフェンが商館本部にきたのは、匿名のいたずらについて商館チーフに苦情をいうためだった。テラナーを母に持つアルガー・スターバルはアルコン人とのハーフで、リンデとはなにかと衝突がたえなかった。あの男なら個人回線に細工をしかねない。おだやかな水は底が深い、というではないか。かりに無関係だったとしても、自分は完全に潔白だと証明するために、なんらかの手を打つだろう。

リンデが反重力リフトで上階に移動しているとき、地面が揺れはじめ、遠くで風がうなるような音が聞こえてきた。すでに何回かあったことなので、なにが起こるかはわかっている。地震とうなりは、なんらかの物質が飛んでくる前触れなのだ。

そのときふいに、ほのかに青く光るものが頭上にあらわれた。それはクラゲのようで、触手をのばしてくる。リンデは悲鳴をあげてリフトを出ると、通廊を走って逃げた。ところが、それは追ってくる。

どうしていいかわからず、クラゲめがけてこぶしを打ちつけた。もろに命中し、大きな水風船が破裂するような音がして、クラゲは回転しながら落下。そのとき、手に鋭い痛みがはしったので、見ると、気味の悪い生物の触手に触れた部分が赤くなり、一面に水泡ができていた。

リンデは通廊を走った。すると、五、六匹の空中クラゲが自分めがけて追ってくる。追いつかれる一歩手前で、スターバルの執務室に跳びこみ、ドアを閉めた。

執務室では、医療ロボットがスターバルの秘書の手当てをしていた。商館チーフは右手にパラライザーを持ち、パノラマ窓の前に立って、触手を持つ怪物が空一面に浮遊するようすをながめている。アームバンド装置に向かって指示をあたえたところのようだ。両手にバイオモルプラストをあてているところをみると、傷口を焼灼《しょうしゃく》したらしい。

執務室内には知らない男がひとりいたが、リンデと目があうと急にそわそわとして出口に向かった。顔を見ただけで逃げだすほど、わたしはひどい外見なの？　リンデはそう思いながら、男のうしろ姿を目で追う。痩《や》せぎすなその男は、やはりパラライザーを持ち、リンデが警告する間もなく、ドアを開けた。クラゲの大群がどっと執務室にはいってきたが、男はパラライザーを発射してかわし、急いで立ち去った。

リンデもデスクに置かれたパラライザーをすばやく手にとり、迎撃した。麻痺ビームの効果はてきめんで、空中クラゲは触手をだらりと垂らしてゆっくりと床に落ちる。リンデはそれを足で蹴って通廊に出し、ドアを閉めて振りかえった。スターバルの視線が

こちらをとらえて、

「なかなかきっぱりとした行為だな。それを利用するいい機会だ。きみは組織をたちあげるのが好きらしいから、自衛団をつくってくれ。この危機を乗りこえるには、ほかに方法はあるまい」

リンデはスターバルとならんでパノラマ窓の外を見た。想像を絶する光景だ。四方八方に逃げる歩行者を、空中クラゲの大群が追っている。すでにクラゲに襲われた人もあちこちにいる。

ひとりのエルトルス人がショックのために動けなくなり、建物の外壁にへばりついているところへ、青白いクラゲがまさに襲いかかろうとしていた。そのとき、勇敢な一女性が手に持った物体でクラゲを打ちつけた。エルトルス人はやっとわれに返り、一目散《いちもくさん》に駆けだす。

子供におおいかぶさり、襲いくる触手から守ろうとしている母親がいる。それを見た歩行者ふたりが通り道を切り開いて近より、母子をクラゲから解放した。

「ひどい」リンデの口から言葉がもれた。「あの、まだ……」

と、いいかけたとき、ロボット数体が目にはいった。ロボットはブラスターやパラライザーをかまえ、空中クラゲをねらって連射。同時にグリーンのコンビネーション姿の商館スタッフも出てきて、武器でクラゲを退治しはじめた。こうして路上の混乱は徐々におさまりつつあった。

「なにがあったのか、わかったんですか?」

リンデが訊くと、スターバルはかぶりを振りながら、アームバンド装置を通して指示をあたえた。執行部メンバーには、対策会議に集まるよう、すでに伝えてある。

「あれ、なにかしら?」リンデがそういったのは、青く光る空中クラゲの群れが一瞬ばらばらになったときだ。ファラド山脈の手前に、灰白色の大きな塊りが曇り空に向かってそびえたっている。そこにはハイキングに最適な小高い草原があるはずなのに。灰白色の塊りは、リンデの目の前でさらに高さを増していった。パノラマ窓の保安ガラスが圧力波で振動している。

「これまで何度か前触れがあったが、いよいよ本格的になったようだ」と、スターバル。「自衛団を結成してくれるな? カセルクに連絡がついたら、職員たちに武器を分配するよう伝えておく。きみは撃ち方の指導をすること。やたらに発射して、たがいに殺しあうことのないように」

リンデはうなずいた。ほんとうはべつの理由があってきたのだが、それはもう重要性を失っていた。

「端末を借りますね」リンデは答えを待たずに近くの機器に手をのばす。

広域連絡用のチャンネルを選んだが、当然のことながら、職員メンバー全員が在宅しているわけではない。リンデが指示をあたえているあいだに、設計部長のアスカアルグドと、宇宙港の貨物担当責任者カセルクが到着した。

アスカアルグドは商館チーフに状況をかんたんに報告し、負傷者はひとりしかおらず、肋骨を骨折しただけですんだといいそえた。

「アスカアルグド、設計部スタッフ全員を商館防衛にまわしてもらえないか」と、スターバルがいうと、

「手配ずみです」と、アコン人は答えた。「空中クラゲは建物の内部にもはいりこんでいるそうですが」

「そのとおりだ。ローラー作戦を展開して、とにかくこの怪物を退治しなくては。屋外のものは問題なく処理できるだろう。職員には屋内に避難するよう勧告する。だが、それだけでは不充分だ。カセルク、職員に武器の在庫を配ってくれ。ただし、重火器はのぞく。職員がたがいに殺しあうようなことになっては困る。それから、分配のさいには細かいことにこだわるな」

「それはわたしがひきうけます」連絡を終えたリンデ・ヒーフェンがカセルクの横に立った。「カセルクの補佐をつとめて、職員に撃ち方を指導しますから」

「え、そんな!」カセルクが思わず声をあげた。リンデ・ヒーフェンと共同作業することになるとは。

「いっしょにうまくやれるわよ」リンデはとげとげしくやりかえすと、カセルクのからだに腕をまわし、ひきずるようにしてドアに向かった。執務室を出る前に振り向き、「匿名のいやがらせって、がまんできないわ。でも、防御のしかたは心得てますから」

「なんのことだろう？」アルガー・スターバルはアスカアルグドの顔を見たが、答えは得られなかった。

そのとき、居住区C＝17＝北でクラゲに似た生物がほとんどの建物に侵入したという知らせがはいったため、その疑問はそのままになった。

アルガー・スターバルは避難命令を出し、「グウェン・コーリンがいないのが残念だ」と、いう。「あの密猟者なら、野獣狩りについて貴重なアドヴァイスをくれるだろうに」

＊

その〝密猟者〟は、商館から千キロメートル南、トバル大陸のほぼ反対側のはしにいた。目の前にあるのは、かれのささやかな生存用ドームの残骸だ。装備のほんの一部しか救えなかったので、状況はかなり絶望的である。呼吸マスク数個、凝縮口糧のはいった薬箱、狩猟ブラスター一挺《ちょう》、救助要請ロケット六機。このうち三機はすでに発射したが、なにも起こらなかった。だれも気づいてくれなかったのだ。こうなると、ひとりでなんとかするしかあるまい。

まもなく日が沈む。それから暗くなるのは早い。

その日の朝、ドームから出たときのことを思いだす。景色が一変していた。一瞬、夢かと思った。それから、正気を失ったのだと思った。

五十メートルもはなれていない場所に、灰白色の岩山のようなものが出現していたのだ。ジャングルはその下敷きとなり、岩山の先端部からは折れた木々や動物の死体が突出していた。

しばらくして驚愕からたちなおると、グウェン・コーリンは灰白色の巨大な構造物に接近した。それは、まだところどころ動いている。なかに閉じこめられた生物がもがいているように思われた。すばやくブラスターに手をのばす。が、動きは徐々にしずまった。

この現象を商館本部に報告しなければ、と、そのとき思いいたった。ここにきてから、定期的に短いメッセージを送る以外には商館本部との交信はないので、アルキスト・パークの状況はわからない。もしかすると、ことのしだいを教えてもらえるかもしれない。

生存用ドームのほうにもどろうとしたとき、風のうなりのような音が起こった。それはしだいに大きくなっていく。あちこちで閃光がはしり、地面が震えはじめた。昨夜、雷鳴あるいは稲妻とうけとめたものは、どうやら嵐ではなかったようだ。この塊りが降ってくる前触れだったのだろう。

うなりはますます増大し、閃光は強まっていく。

グウェン・コーリンはパニックにおちいり、一目散に駆けだした。どこに行ったらいいかわからなかったが、とにかくここをはなれたかった。

生存用ドームを離れるとき、いつものように呼吸マスクをつけなかったので、じきに息が切れた。うしろを振り向いて、驚愕した。さっきあった岩山の横に、ふたつめの塊りが盛りあがっていく。しかも、生存用ドームとスポーツ浮遊機のある場所だ。

ふたつめの構造物は最初のものほどの規模ではないが、それでも一ギガトンはくだらないと思われた。いずれにしても、ドームその他の設備一式はひとたまりもあるまい。

音がやみ、巨塊の動きがしずまると、グウェン・コーリンはきた方向にもどった。狩猟ブラスターをかまえ、灰白色の岩山に注意深くビームを照射する。崩壊したドームの一部が露出したが、テレカムが粉々になっているのを見てあきらめた。

グウェンは凝縮口糧、救助要請ロケット、呼吸マスクなど、生存に欠かせないものを掘りだしてから、岩山の調査をはじめた。二時間かけてまわりを一周したのち、登ってみることにした。頂上に立つと、湿地帯をかこむジャングルの先が見わたせるほどの高さがある。南方の海まで見えた。まれにしかないほど空が澄んでいる。

観察してわかったのは、巨大な岩山がほかにもあることだった。灰白色の塊りが四つ、グリーンの木々の上に突出している。それを見たとき、アルキスト・パークや宇宙港が岩山の下敷きになった可能性があることに思いいたった。

あたりは暗くなりはじめたが、宿泊する場所がない。生存用ドームの残骸をよせあつめて仮の宿をつくるしかなさそうだ。そういう作業は性にあわないが、ほかに方法はない。

グウェンはそれまで、惑星アルキストの手つかずの自然をいつも謳歌していた。だが、いまの状況では、アルキスト・パーク内の居住区A＝3＝北にある、なんの特徴もない独身者用アパートメントが恋しかった。

現状を考えると、とうぶんアパートメントには帰れそうにない。

その夜は、グウェンの人生でもっとも長い夜となった。つねに感覚がはりつめた状態で、かすかな物音がしただけで恐怖を感じた。それが低いうなりに変化するのではないかと思って。

＊

アシャンタチトはほっとした。エットチトが猛々《たけだけ》しいツォプシュチをやっつけてくれたおかげで、不快な相手と対決しなくてすむ。

アシャンタチトは、エットチトの得意そうなようすを観察する。エットチトは深淵のへりに立って、クルメ・クナラーの群れを嘲弄し、自軍の戦士たちを鼓舞している。

エットチトが憎悪をこめて話しかけているというのに、下の平原にいるクルメ・クナラーたちはひっそりとして動かない。なにがあっても動じることはないのだろうか。これだけ罵倒されて腹をたてないとは、いかなる生物なのか！

クルメ・クナラーはなんの役にもたたない生物だと、フェイネン・アットもいっていた。

エットチトの怒りはますます激化し、戦士たちにも伝播した。アシャンタチトですら、それをまぬがれることはできなかった。

戦士のひとりが深淵のへりをこえた。高く跳んで前方に出すぎたために、必死になって翅をばたつかせても、地面にもどることができない。ほかの戦士たちが鳴きわめくなか、ゆっくりと平原に向かって落ちていく。クルメ・クナラーの最前線に向かって。

それでも、クルメ・クナラーはじっと動かない。戦士が目の前におりたったとき、それまで死んだようにじっとしていた恐ろしい姿の生物は、ようやく動きだした。曲がった根っこ状の脚で前に大きくひと跳びし、何本にも枝分かれした長い腕を犠牲者に向かってのばす。

高台にいる戦士たちの憎悪の波が、平原にいる敵に向かって押しよせる。

この瞬間を、アシャンタチトは利用した。エットチトの背中に襲いかかり、その翅を傷つけたのだ。こうして、アシャンタチトが首領となった。
このアシャンタチトが、フェイネン・アットの意志を実現させるのだ。

4

生後十ヵ月のオリヴァーが、体温と同じ温度に調整された床を腹ばいになって進んでいた。子供部屋のスクリーンに色鮮やかな映像がうつしだされる。録画リールのなかで案内役の善良な年よりの妖精があらわれて、三、四歳児向けの説明をしているところだ。当然のことながら赤ん坊にはちんぷんかんぷんだが、録画教育番組の案内役にそれがわかるはずもない。母親がこの番組を流しているのは、自分が身じたくをするあいだ、赤ん坊の相手をさせるためだった。

母親のハーラは美人だが、アルキスト・パークになどいたら、いたずらに容色が衰えてしまうと感じていた。報酬がいいとはいえ、看護師の仕事をひきうけたのが悔やまれる。宇宙船の次の便で惑星を脱出したいところだが、契約は標準年であと半年のこっているのだ。

ここには娯楽がほとんどないので、夫のプレゴがいなければ、気が変になっていたかもしれない。プレゴとは、できるだけ機会をつくって退屈な都市をぬけだすようにしている。居住区C＝17＝北……なんという味けない住所！　それと同じで、この居住区のすべてが索漠としていた。最新技術完備の居住施設だが、非個性的で、自分のような情緒豊かな人間が必要とするぬくもりに欠けている。ハーラがぬくもりを感じるのは、仕事で患者や同僚と接するときと、プレゴがそばにいるときだけ。夫はあと十五分ほどで帰宅するはずだ。

端末の緊急呼出ブザーも非常ランプも、ハーラは無視した。ここからはすべて自分の時間だから、いっさい関係ない。医療ステーションの要請も同じこと。

赤ん坊のようすをみるために、メイクの手をとめる。番組の案内役が、つかみかかろうとするミミズのキャラクターを説き伏せているところだ。

ハーラはオリヴァーを色とりどりの積み木のほうに向けた。積み木を集めて重ね、風変わりな塔をつくってみせる。すると赤ん坊は、這い這いしながらそばまできて、塔を倒した。

ハーラはため息をつきながら、安眠用の録画リールをセットする。赤ん坊を寝かしつける確実な方法だ。オリヴァーをベビーベッドに寝かせて部屋にもどり、ふたたびメイクにとりかかった。

オリヴァーを居住区の託児所にあずければ、最高の世話がうけられるのはわかっている。だが、それはハーラには面倒だった。

非常ランプはまだ点滅し、ブザーは鳴りつづけている。したくがすんだハーラは耳を澄ませた。子供部屋から聞こえてくるのは、録画リールから流れる安眠用のつぶやきだけ。これを聞きながら赤ん坊は眠ったらしい。こっそりと家を出るつもりで玄関ドアを開けた。

と、グロテスクな生物が幽霊のように目の前にあらわれた。胴体は半透明で、ほのかに青く光っている。たくさんの枝分かれした触手を持ち、そのひとつがハーラの髪にからみついてきた。

そのとき、赤ん坊が大声で泣きはじめた。なにが起こったのかと、すぐに子供部屋に駆けこむ。オリヴァーは手足をばたばたと動かしながら、声をかぎりに泣き叫んでいた。グロテスクな生物に襲われたのだ。それらは、宙を揺れ動きながら、細長い触手でオリヴァーのからだを打っている。

ハーラはその生物を殴りつけて追いはらい、泣き叫ぶオリヴァーをベッドから抱きあげると、端末のキイボードで救急サービスを呼びだした。反応がない。回線がつながったかどうかすらわからない。そこへ、商館チーフであるアルガー・スターバルの、癪《しゃく》にさわるほどおちついた声が聞こえてきた。

「居住区C＝17＝北全域が、いわゆる空中クラゲに汚染された。そのため、住民を緊急避難させることに決定した。あわてず指示にしたがうこと。空中クラゲの触手からは刺激性の毒が分泌され、触れると皮膚が炎症を起こすので……」

赤ん坊の手と顔にできた赤いみみず腫れが、それなのだろう。ハーラは通路を急ぎ足で歩きながら、あいた手で空中クラゲの攻撃をかわした。

戸外では、グリーンのコンビネーションを着用した商館スタッフが指示をあたえていた。パニックにおちいった人々をなだめ、危険地帯からすみやかに避難するよう誘導するとともに、浮遊する生物をパラライザーで撃っている。それたビームがあたった一女性がすぐに移送された。

ハーラは手助けしようとする商館スタッフをしりぞけた。救護員や医療ロボットが見あたらないので、医療ステーションに向かう。目をつぶっても迷わないほど熟知した道だ。さいわい、居住区全域と商館を結ぶ地下トンネル網があるので、地上に出ることなく医療ステーションに到達できる。赤ん坊のことが心配でたまらず、ほかのことは頭になかった。

医療ステーションでは、すでに患者が長蛇の列をなしていた。程度の差こそあれ、皮膚に炎症を起こした患者ばかり。オリヴァーを抱いたハーラは、強引に前に進む。ふだんは勤務場所である第七治療室について、同僚に赤ん坊を託すと、

「ハーラ、あなたのほうがずっとひどくやられてる。先に治療してもらったほうがいいわよ」と、すすめられた。

鏡にちらりと目をやると、顔は無数の水泡で見る影もない。みごとだったヘアスタイルも、空中クラゲの有毒触手がからみついたところから房になって落ちている。プレゴの顔がちらりと浮かんだが、すぐに肩をすくめた。

「またもとにもどるわ。オリヴァーのほうがだいじだもの」

そのとき、空中クラゲの大群が医療センターに侵入した、という放送がはいった。あわてないこと、という全員への指示がそえられて。

＊

ショックのため気を失っていたエレーヴァ・ドレイトンは、しばらくしてやっと意識をとりもどし、周囲の出来ごとをふたたび認識しはじめた。

「大変なことになった」ローゲン医師は医療ロボットを使わず、みずからエレーヴァの治療にあたっている。「なにがあったのかはわからないが、供給システムが故障したらしい。機器は使いものにならないから、自分たち自身にたよるしかないんだ。エレーヴァ、きみはもう心配ない。ただし、しばらく入院してもらうよ」

と、いいながら、医師は早くも次の患者にとりかかった。エレーヴァはすこし眠りたかったが、まわりは蜂の巣をつついたような状態で、おちつかなかった。

武器を持った商館スタッフが、ベッドのそばをひっきりなしに駆けすぎていく。苦痛の叫びと指示をあたえる声が外から聞こえてくる。悲鳴、しゃくり泣き、嘆きの声がたえない。一度、どこからかグロテスクなクラゲが頭上にあらわれたが、パラライザーで撃たれてベッドの横に落ちた。しばらくすると、清掃ロボットがやってきて、死体をかたづけた。

「居住区C＝17＝北の住民は、ただちに緊急避難を……」と、放送が流れる。

サウル！

エレーヴァはとっさに、恋人のサウルがいっていたことを思いだした。三日間、昼夜兼行で働いたのち、五十三時間ぶんの睡眠剤を服用するといったっけ。惑星時間でる二日間の静養をとるということ。サウルの住まいは居住区C＝17＝北にある。いったとおり実行したとすると、いまも冬眠中のマーモットのようにぐっすり眠っているはず。まわりで起こっていることをなにも知らずに。

サウルに警告しなければ。エレーヴァはベッドにとりつけられた制御パネルの該当エレメントを操作して、ヴィデオカムを天井からおろすと、サウルの番号を入力した。応答はない。

エレーヴァはナースコールを押した。しかし、気にとめる者はない。だれもが手いっぱいなのだ。介護士の女性を呼んで、サウルを危険地区から避難させるためにあらゆる手をつくしてほしい、と、たのんだ。できるだけのことはする、と、介護士は約束したが、エレーヴァの危惧をほんとうに理解したようには見えなかった。

みずから行動を起こすしかない。居住区C＝17＝北まで自力で行けそうだ。

医療ステーション内は混乱状態で、順番を待つ人々のあいだを患者用ガウンで通りぬけても、奇異に思う人はいなかった。戸外に出ると、救助チームを危険地区へ運ぶ地上グライダーに乗りこむ。車輛は高速トンネルを使い、数分でC＝17＝北に到着した。

救助チームのメンバーに熱心に訴えた甲斐《かい》があって、女救助隊員ふたりがサウルのアパートメントに同行してくれることになった。玄関チャイムを押すと、ドアの向こうからサウルの返事が聞こえた。だが、エレーヴァがいるとわかると、なぜかどうしてもドアを開けようとしない。

結局、救助隊員は、ドアの鍵を壊して開けた。部屋の床に、十四以上のクラゲの死体が転がっている。サウルは素手でやっつけたらしく、皮膚がぼろぼろになり、毒のせいで化膿していた。顔は見分けがつかないほどの傷を負い、目の周囲が真っ赤にただれている。からっぽの眼窩《がんか》がのぞいているのを見たとき、エレーヴァは思わず悲鳴をあげ、サウルを抱きしめた。

「治療してもらえば、また見えるようになるわ」しゃくりあげながら、恋人をなぐさめる。けれど、かれの赤い目からやさしい視線が注《そそ》がれることはもうないのだ。そう思うと、心が痛んだ。

＊

混乱はしだいにおさまっていった。

災害の翌朝、アルガー・スターバルは被害状況を総括した。

空中クラゲのほとんどは退治するか、または居住区から追いはらった。のこる数個の群れを、駆除隊が追跡中だ。

避難したC＝17＝北の住民は、駆除隊による死体の始末がすんでから住居にもどった。居住区一帯にまだ腐敗臭が漂っているという苦情が出たが、その音頭をとったのは、またしてもリンデ・ヒーフェンだった。アルガー・スターバルは即座にはねつけたものの、ヒーフェンの苦情にふたたび悩まされるのは時間の問題だ。

「ジュプ、ヒーフェンがなにかいってきても、わたしにはまわさないでくれ」と、秘書のジュプ・コレインに指示をあたえる。コレインは応急処置をうけ、すでに任務にもどっていた。皮膚のただれは、すみやかな処置のおかげでほぼ完治している。スターバル自身、手にはったバイオモルプラストをすでに剝がしていた。

さいわいなことに、空中クラゲの持つ腐食性の毒は、予想されたほどたちの悪いものではなかった。それでも、空中クラゲ十二匹の毒でヒューマノイドひとりが命を落とす計算になることが、理論的調査から判明。死者がひとりも出なかったのは、ほとんど奇跡といっていい。

とはいえ、アルキストの二万八千人の住民全員がなんらかの負傷をした。大部分は歩行可能な状態で、治療をうけたのち帰宅を許されたが。重傷を負ったのは数名のみ。設計部スタッフのひとりが両目を失明したのと、子供を守ろうとして顔にひどい炎症を起こした一女性が、酸性の毒により頭髪の大部分を失ったのだ。だが、治療にあたったローゲン医師は、女性の傷は癒えるだろうと保証した。報告によると、医療ステーションは患者であふれ、その大部分は仕事に復帰するのに一週間以上かかりそうだという。

スターバルは、商館および宇宙港増築工事の中断を決定した。宇宙港は閉鎖され、安全を期するため、緊急の場合にかぎり着陸を許可することになる。宇宙ハンザのうける損害は大きい。それによって失われる取引を、すべてスプリンガーに独占されてしまうからだ。だが、住民の安全にはかえられない。商館チーフはそういって、ハンザ司令部を説得した。

業務はかぎられているにもかかわらず、商館本部は活気に満ちていた。ジャーモ・ヒラードとそのチームは、今後同じような現象が起きたときに、施設および住民を守るための保安対策を討議している。発生率計算によれば、これが将来ふたたび起こること、さらに激化することが予測された。発生率曲線は上向きだ。

すでにこの数日前には、商館の複数の場所に巨大な土塊があらわれていた。どのようにしてそんなことが起きたのか、だれにも説明できない。アルキスト・パーク周辺に落ちてきたのは、最初は数トン程度の構造物だったが、しだいに重さとかさを増し、十月十五日には山脈とも呼べるものが出現した。

随伴現象はいつも同じだった。最初は風のうなりのような音で、それがだんだん大きくなり、地面が震動して空に閃光がはしる。これらの前触れがあると、かならず泥の塊りが出現するのだ。その大きさは、随伴現象の強度に比例していた。しだいに激化していることを考慮すると、次のときには小惑星ほどの塊りが飛んでくると考えられた。

スターバルは、この現象が発生するとすぐにハンザ司令部に報告を送った。そして、地球外拠点のあるほかの惑星でも似たような現象が起きていることを知った。テラにある司令部からは、この件にかならず対処するという約束とともに、ペリー・ローダンがネーサンに調査および評価をさせているという返答をうけた。問題は早急に解決するだろうとの観測だったが、それ以来、司令部からは連絡がない。切迫した状況をひっきりなしに報告しているというのに。

気休めをいわれてじっとしているわけにもいくまい。これ以上の災害が起こる前に、なんらかの手を打たなければ。空中クラゲを駆除したので危険はなくなったという報告にとりあえずは安心しても、事態の深刻さはすこしも変わらない。この現象が解明されないかぎり、未知の脅威はなくならないからだ。

スターバルは、最新の出来ごとについての詳細な報告をまとめた。調査結果、予測数値、コメント、映像をふくむ総括的な記録が、ハイパーカムでテラのハンザ司令部に送信される。

〝調査および対処にとりかかるのに、これ以上の災害が必要なのですか?〟と、報告書の末尾に書きそえた。

連絡がないのは、司令部もなすすべがないからではないかという考えを、スターバルは頭から追いはらった。

「ジャーモ、どうすれば自己防衛できるだろうか」と、コンピュータ専門家にたずねる。

そのジャーモ・ヒラードは、しばらく前からずっと商館チーフの注意をひこうとしていた。だが、押しがたりない。それがかれの性格である。前面に出ようとせず、だれかが気づいてくれるのを背後で待っているタイプなのだ。

「理論的には、いますぐ行動を起こせるのですが」ジャーモ・ヒラードの指がコンピュータの入力コマンド上をせわしなく動く。咳ばらいをしてからつづけた。「実際にはそうはいきませんね。巨塊から身を守るには、居住区全体をおおうエネルギー・ドームが効果的であることは疑いをいれません。ですが、それには時間がかかりすぎるし、莫大な費用がいります。しかも、現状では技術的手段がない。いちばんかんたんなのは、商館をたたんでアルキストをはなれることですが……」

「それは選択肢にはない」スターバルはきっぱりといいきった。「それを実行するにたる理由もあるまい。ここで冷静さを失うべきではない。どうすれば商館を維持できるか、その可能性をもとめなければ。撤退の決定権を持つのはハンザ司令部しかない。ただし、商館全滅の危機に瀕した場合には、わたしが責任を負って撤退に踏みきる。だが、いまはそのときではない。解決方法を見つけるのだ、ジャーモ」

「撤退することを提案したわけではありません。ひとつの可能性としてあげたまでです」と、ヒラード。

「では、われわれにできることはなにか？」スターバルの声が不機嫌な調子を帯びた。

「警報システムの設置ならできるでしょうが」ヒラードは自信のない声でつづけた。「物理的な随伴現象とともに、ハイパー物理的性質の現象が起こっています。音の揺れと電磁性爆発に先だって、ハイパー地震が起こるのです。その影響をうけやすい技術設備が故障するため、土塊が出現したときには、技術設備が役にたたなくなっている。前回はハイパー地震が非常にはげしかったために、コンピュータ・ネットワークが崩壊しました。これにもとづいて、予知警報システムを設置してはどうでしょう」

「それは実行する。ほかには？」

「岩山の性質と出自を調べることです」ヒラードはつづけた。「それがわかれば調査を進められるので、どのようにしてアルキストにあらわれたか、探りだせるかもしれません。ほかの連続体における宇宙的災害の余波なのか、それとも、ここ銀河系内の惑星の残骸なのか。あるいは、アルクス星系が属する宙域由来のものか。とはいえ、商館近辺に調査をしぼるべきではないでしょう。この現象は包括的にとらえなければなりません。岩山が〝落下〟したのは惑星上のあらゆる場所ですから。最初の予測結果によると、あの巨大な塊りが商館近辺に落下したのは、たんに偶然なのです」

「それでは、もう一度その偶然が起きて、本部に命中する可能性はどのくらいだ？」スターバルは訊いた。

「可能性はごくわずかですが……」ヒラードがいいかけたとき、警報がけたたましく鳴りだした。

監視スクリーン一基が作動して、宇宙港の一部がうつしだされた。貨物室の上空に閃光がはしり、映像が揺れ動く。スピーカーから風のうなりが聞こえ、しだいに大きくなって、ハリケーンの音に移行していく……

これの意味するものは明らかだった。それでも、広大な貨物室があった場所にいきなり巨塊があらわれると、スターバルのからだはびくっとした。とてつもなく大きな石炭の燃えがらにも見える。その重さで貨物室はつぶされ、完全に下敷きになった。

商館本部内はしずまりかえっている。そこへ、宇宙港の貨物担当責任者カセルクの甲《かん》高《だか》い声がスピーカーから響いた。貨物室はからっぽだったので被害は比較的すくないこと、人的被害はなかったことを、ブルー族は伝えた。

ジャーモ・ヒラードの顔から血の気がひき、全身が小刻みに震えている。

「われわれの頭に爆弾が落ちる可能性は、これで一挙に増大しました」

アルガー・スターバルもまた、恐怖に震撼《しんかん》させられた。ヒラードの言葉が追い討ちをかける。なんということだ！　あの貨物室はここから数キロメートルの距離にある。

ジュプ・コレインから連絡がはいり、リンデ・ヒーフェンがきていると告げた。

「あの女と話すのはごめんだと、はっきりいったではないか！」商館チーフは怒りをぶつけた。ふだんは冷静そのものなのに、ヒーフェンの名前を聞いただけで腹が煮えくりかえるのだ。

「彼女のしつこさはよくご存じでしょう」と、ジュプ・コレイン。「住民の安全のためになにをするつもりか、商館チーフの考えを知りたいそうです。明白な回答を得るまでは動かないといいはっているので」

辛辣《しんらつ》な言葉がスターバルの口から出そうになったが、自制した。

「わかった」スターバルは嘆息した。「次の対策会議に参加していいと伝えてくれ」

「リンデ・ヒーフェンがいたのでは面倒なことになりますよ」通信が終わるのを待って、ジャーモ・ヒラードがいった。

「面倒とは、過小評価もいいところだ」

ヒラードはしばらくためらったのち、視線を落とし、

「彼女、私生活ではどうでしょうね。だれに対してもあんなにひどい口のきき方ではないはず。もうすこしつきあいやすいと思うんですが」

「そんなことは知りたいとも思わんよ」スターバルは急にはっとして、「きみは気になるのか?」と、訊いた。

「そういえるかもしれません」ヒラードの顔に困惑があらわれている。「じつは、知りたいことがあるんですが、だれにもいわないでいただけますか」

スターバルはうなずいた。

＊

帰宅したとき、リンデ・ヒーフェンは疲労しきっていた。全力でことにあたったのだ。だが、それによってかなりの満足感が得られた。アルキスト・パークでの生活におだやかさをとりもどすために、すこしでも貢献できたのだから。しかし、このしずけさは表面的なものでしかない。すべきことはまだまだたくさんあるのだ。

習慣に反して食糧自動供給装置に料理を注文する。だが、供給システムはまだ復旧していなかった。疲れていて用意する気になれないので、夕食をぬくことにした。

スクリーンのスイッチをいれる。住民のためにどんな保安対策が講じられたかが気になったのだ。〝リンデ、愛してる〟という文字がスクリーンにあらわれたと思うと、キューピッドが飛んできて文字の上部から矢を射た。リンデは自分に矢が命中したように感じ、自尊心が傷つけられた。

瞬間的に疲労が吹きとび、闘争心が目ざめた。こんなこと、二度とあってはならない！ 冗談にもほどがある。どこから着手すべきかはわかっているのだ。

リンデ・ヒーフェンは、住民の安全を口実にアルガー・スターバルに面会をもとめた。商館チーフは外出中だといわれると、質問に直接答えてもらうまでは執務室を去らないと伝えるよう、ジュプ・コレインにいった。その口調があまりにも決然としていたので、秘書はしりぞけることができなかった。

秘書が別室に去り、ひとりになると、ある考えがリンデの頭に浮かんだ。最初は恥ずかしさをおぼえる。他人の私生活を嗅《か》ぎまわるのは性《しょう》にあわないから。いくら気にいらない相手でも、人のプライバシーは自分のそれと同様に神聖だと考えている。だが、スターバルが匿名で卑劣ないたずらをするのであれば、私的な記録を見られても当然ではないか。あのようないやがらせをするのは、スターバル以外に考えられない。商館内で、リンデ以上にかれを忌み嫌っている人間はいないのだから。

考えるより先に、リンデはスターバルの端末に歩みより、記憶装置からプライベートな記録をひきだした。グライダー部隊を偵察に送りだすこと、観測衛星に新しい地図を作成させること」スターバルの声がスピーカーから響く。スクリーンに短いメモがあらわれては消えていく。ぞんざいに書きなぐられた文字は読みにくい。宇宙港のスケッチが画面いっぱいにうつしだされる。管制棟、貨物室、商館の設置された都市……全長四十キロメートルの着陸床にそって流れるイブソン川……。「……時間をつくって大陸を個人的に調査すること、安全問題について討論・解決すること。優先順位。まず生命、次に施設の保全、飛行の安全化……」スターバルの声は心地よく響く。これと同じ口調で自分と話したことは一度もない。いっそのこと、毒をふくむ声でこういってくれたほうがましな気がした。〝重要事項。リンデ・ヒーフェンの感情を傷つけ、愛の告白で苦しめること……〟

だが、そのような内容は記憶装置に存在しない。記録はすべて、現在の出来ごとおよび商館チーフとしてかかえている問題についてだった。私生活というものはないのかしら？　人間関係はどうなっているの？

そう考えたとき、リンデは自制して記憶装置のスイッチを切った。してはいけないことをしたのだ。なにも得られなくてよかったと思った。

恥ずかしい。なんということをしたのか。コレインまたはスターバルが部屋にはいってきていたら、と思うと、背筋が寒くなる。恥さらしもいいところだ！

ニュースのスイッチをいれ、商館チーフとの対決にそなえることにした。

が、過労がたたっていつのまにか眠りこんだらしい。リンデ・ヒーフェンが対策会議にきていないとわかると、ほかのメンバーは安堵した。

5

グウェン・コーリンは、救助隊がくるのをむなしく待った。通常の状況では、こちらからの連絡がとだえるとすぐに救助隊が動く。だが、商館がほかのことで手いっぱいなのは明らかだった。生存用ドームを押しつぶしたほどの土塊が居住区に落ちたらどうなるのか。

〝密猟者〟は北に向かって進んだ。救助要請ロケット三機と一週間ぶんの凝縮口糧があるし、呼吸マスクも規定より長く使えばたりそうだ。万一の場合を考えて、ときどきマスクをはずし、有毒ガスの混じった大気を呼吸する生存トレーニングをおこなった。

この地域のジャングルならよく知っていた。反重力プラットフォームに乗って何度も調査し、大型野獣の狩猟もしたから。だが、いまは状況が違っている。用心しながら一歩一歩たしかめて湿地を進まなければならない。一日で踏破できるのは二十キロメートルくらいだろう。それで計算すると、商館本部につくまで五十日を要することになる。だが、いずれは救助隊がきてくれるだろうという希望をまだ捨ててはいなかった。

とはいえ、もしアルキスト商館が壊滅していて、だれも生きていなかったら？　そう思ったとき、物音が聞こえて、グウェンはびくっとした。

驚愕して全身がすくむ。湿地ジャングルのなかから、巨大な動物のからだがいきなり目の前にそびえたったのだ。それは、長い首を持つ大型恐竜だった。頭はちいさいが、胴体はいびつなかたちの大きな塊りになっている。えたいの知れないなにかが、からだにくっついているのだ。それから逃れようと必死になっている。恐竜が左右にからだを揺さぶると、一本の木が根こそぎ倒れた。

グウェンは気持ちをしずめ、ねらって撃ち、動物の苦痛を終わらせた。恐竜の頭をおおうようにくっついていた奇妙なものが跳びのき、イモムシのような動きでせわしなく藪のなかに消えた。アルキストであのような生物を見たことはない。おそらく、岩山とともにこの惑星にあらわれたのだろう。それにしても、どこから？　どのような方法で？　どこかで起こった宇宙的災害が原因なのだろうか。

そうして進むうち、何体もの奇怪な生物に出くわした。とてつもなく大きなハリネズミともいえる生物も、そのひとつだ。行く手をふさぐからだから、無数の棘《とげ》がつきでて振動している。威嚇《いかく》のポーズをとったとき、六対の腕が見えた。グウェンは三発めでやっとしとめたものの、しばらく手の震えがとまらなかった。

ジャングル内を進んでいると、幅ひろい林道に出た。どうやらそれは、巨大な動物が通った跡であるらしかった。こんな巨大な化け物に出会ったら、たまったものではない。グウェンは動物のシュプールを避けて進んだが、しばらくしてまたいきあたった。もう一度大きく迂回。だが、一時間ほどたったとき、ふいに怪物が前から向かってきた。Uターンして、ひきかえしてきたらしい。

目の前にいるのは、体長百メートル、直径八メートルほどの巨大イモムシだった。そのからだを構成する各部分は、独立した生物にも見えるが、動きは統一されている。アルキストの動物相に属さない化け物であることはたしかだ。怪物が長く甲高い叫びをあげた。それは、無数の喉から発せられたように響いた。

グウェンは恐怖をおさえて武器をかまえた。扇状にひろがったエネルギー・ビームが怪物のからだにあたると、爆発音がとどろいた。巨大イモムシは無数の個体に分裂し、カタパルトで発射されたかのように四方八方に散り、ジャングルにのみこまれた。無数の個体が音をたてて散り散りに逃げていく。なんと奇妙な生命集合体なのか。すぐにまたひとつにまとまって襲ってこないことを願うばかりだ。

そのとき、グウェンはべつの物音にはっとした。それは北の方角から聞こえ、しだいに大きくなる。グライダーのエンジン音に似ているが……やはりグライダーだ！　超音速で頭上を飛んでいく。だが、グウェンが救助要請ロケットを発射したときには、すでに雲のなかに見えなくなっていた。数条の光がしだいに薄れ、消えていく。かれの落胆は大きく、叫びだしたい気持ちだった。

はじめての大きなチャンスだったのに、みすみす逃してしまった。もしかすると、どこかで休んで救助隊を待つほうがよかったのかもしれない。

ひきかえすべきか？

いや、危険を避けて夜をすごせる場所を見つけるほうが先決だ。体力がつきはてかけている。あたりが薄暗くなりはじめたころ、グウェンは巨大な樹木の股に身を横たえた。きょうは比較的しずかな一日だったような気がする。すくなくとも、あらたな巨塊は出現しなかった。

＊

十月十八日から十九日にかけての夜は、ここ一週間でもっともしずかだった。風のうなりも、闇を貫く閃光もない。商館所有の物質走査機およびハイパー探知機すべてが作動していたが、ちいさな塊りすら探知されなかった。数日来のしずかな夜が明けはじめたとき、救急隊のメンバーは胸をなでおろした。

とはいえ、アルキスト・パークの人々で眠ることのできた者はわずかだった。ここ数日の出来ごとが骨の髄までしみとおっていたから。

「こんなことがあるとは！」アスカアルグドがアルガー・スターバルの執務室を訪れ、

興奮した口調でいった。「泥やクラゲをわれわれに投げつけるのは、これで終わりでしょうか?」

スターバルはすこしも動じないようすで、「幻影をいだくべきではない」と、応じた。「嵐の前のしずけさだろう。終わったとは、わたしには思えない」

「みな同じですよ」ブルー族のカセルクが甲高い声を出す。「われわれの通常業務を再開するのは、この現象が完全にストップしたことを確認してからがいいのでは」

「それはまず不可能だ」と、アスカアルグド。かれが憂慮しているのは、宇宙港・商館間の高速道路が期日どおりに完成するかどうかということだ。しかも、それは将来重要度のきわめて高い交通網になるという。

「すくなくとも、ジャーモ・ヒラードの開発した予知警報システムは機能するだろう」と、スターバルが、「テストによれば、土塊の飛来に先だつハイパー地震を測定することが可能だ。これにより、落下予測地域を算出できる。つまり、対処処置をとれるということ。それでもなお、しばらくは非常態勢を維持したい。土塊の現象についてもうすこし探りださなければ」

「ハンザ司令部から情報ははいっていないので?」アスカアルグドが訊いた。「ほかの商館でも被害が出ているらしいが、調査は進んでいるのですか?」

「司令部との連絡は一方通行なのだ」スターバルは応じた。「こちらから送った情報に対して、テラからは受信確認通知がとどく。すぐに手を打つとの確言をそえて。ペリー・ローダンかその側近とじかに話そうと何度も試みたのだが、別件で手がはなせないといわれた」

「あなたのリンデ・ヒーフェンに対する応対と同じというわけですね」カセルクが棘のある口調でいった。

「それは比較にはなるまい」スターバルの顔に苦々しい笑みが浮かんだ。「というのも、宇宙ハンザ上層部がこの問題と全力でとりくんでいることは疑いをいれないからだ。おそらく、深刻な事態なのだろう」

「背後で動いているのはなんでしょう？」アスカアルグドがたずねた。「宇宙ハンザをねらった敵対行動だとか？　たとえば、スプリンガーの？」

「ではあるまい」と、スターバル。「否定する事実が多すぎる。偵察グライダーがきのう一日かけて調べたところ、トバル大陸だけで落下地点が三百もあることがわかった。しかも、大きな土塊のみで、初期段階で記録されたちいさなものすべてを数にいれることはできない。さらに、パイロットの報告によると、ひろい森林にはアルキスト原住ではない異生物がうようよしているそうだ。映像の一部を見ると、生物とは思えないほどに奇異なものもある。それらの行動からは、新しい環境になじむことができず、狼狽《ろうばい》していることが察せられる。わたしはこれから偵察に出かけ、状況を自分の目で把握するつもりだ。ひきつづき非常態勢をとる」

＊

「終わったのよ」エレーヴァ・ドレイトンは、包帯が巻かれたサウルの手を握りたい衝動をおさえた。三日後にはふつうに両手を使えるようになる、と、ローゲン医師はいった。感覚もほぼ完全にもどるそうだ。でも、目はどうか？　そうたずねたエレーヴァに、ローゲン医師は断言したもの。

「心配することはない」

「それなら、すぐに移植をしないのは、なぜです?」エレーヴァは訊いた。

「傷ついた眼窩が治癒してからだ。視神経が再生しないことには」

「はっきりいってください、ドク。ほんとうの問題はそれではないんでしょう」

「解決できないような深刻な問題はないよ、エレーヴァ。だが、それについてはサウル自身と話しなさい。かれは真実を知っている」

「真実を告げたのですか……?」

「サウルは当事者だし、成人だ。自分の様態をすべて知る権利がある」

「すこしずつ自分の運命に慣れさせたほうが、親切なのでは?」

「わたしはごまかすことはしない。それに、サウルの場合、その必要もないのだ。じきにまた見えるようになるのだから。かれと話すといい」

そういわれて、エレーヴァは恋人の病室を訪れたのだ。サウルの眼窩にはバイオジェルが厚く塗られている。目を見ながら話せないのが、エレーヴァにはつらかった。

「終わったのよ」と、話しかける。「きのうは一日じゅう、なにも起こらなかったもの。アルキスト・パークはじきにもとどおりになるわ。いつかわたしたちも、悪夢としてこのことを思いだすようになる」

「わたしはそうは思わない、エレーヴァ。これまでの出来ごとをぜんぶあわせたより、もっと恐ろしいことが起きるだろう。わたしにはそれが見える。まるで窓からのぞくように、べつの世界が見えるんだ。われわれ、そこからの襲撃をうけている。大惨事はまもなく起きる」

「なにをいってるの」と、エレーヴァが応じた。「元気を出して！　ローゲン医師は、あなたの傷、よくなるっていったじゃない」

「わたしのことではない」サウルはいらだった声でいった。「この目はふたたび見えるようになるだろう。でも、いまわたしに見えているのは……」

「悪夢をみたのね、サウル。忘れなくちゃ」エレーヴァの手が恋人の顔にそっと触れる。サウルは笑みで応えた。だが、それはエレーヴァの知っているやさしい笑みではない。

そこには影が落ちていた。

「ただの悪夢だったら、どんなにいいか。だが、こんなこと、夢ではありえない」

「話して。それで気持ちが軽くなるなら」と、エレーヴァ。「わたし、いままであなたになんでも話してきたわ。だから、こんどもいっしょに乗りこえたいの」

「さっきから、ふくみのあるいい方をするね」サウルは感情を害したらしい。「同情は必要ない。わたしは最高の状態だよ、エレーヴァ。視力がもどることはわかっている。時間の問題だ。その気になれば、すぐにでも移植をうけられるんだ。だが……青い目のアルコン人になっても、きみはいいのか？」

「あ、そういうことだったの」

「そういうことだ！」サウルはエレーヴァのいったことをくりかえした。「すまない。冷静なところを見せたかったんだが、やはりいらだっているようだね。待つことは神経をすりへらす。ローゲン医師の話によると、臓器バンクにはわたしにあうものがないそうだ。アルコン人の赤い目となると、ほかの惑星からとりよせることになる。この状況では無理だから、待つしかない」

エレーヴァの顔がほころぶ。気持ちが楽になった。

「それなら、もうじきだわ。スターバルが非常態勢を解除すればいいんだもの。それで業務も通常にもどるから、臓器を移送してもらえる。アルキスト・パークの生活も、またいつもどおりになるわ」

「違う！」サウルの声は絶叫に近かった。「スターバルに警告するんだ、エレーヴァ。いや、チーフをここに連れてきてくれ。わたしの目に見えるものを、わたしの口から説明するから……あれだ！」

「サウル、どうしたの？」エレーヴァは、心臓を冷たい手でつかまれた気がした。サウルの顔の下半分がなにやら動いているのだ。

「あれの映像がまた見えたんだ……映像のなかでは、わたし自身が見知らぬ場所にいて、翅を持つ奇妙な生物の仲間になっている。その生物は、ある相手に戦争をしかけている。相手の名はなんと呼んでいいかわからないが……」

「サウル、おちついて」

「頭が変になったと思っているだろう。そうではないんだ。最初はわたしも妄想ではないかと思った。ところが、意識はまったくはっきりしている。そこで、こう考えるようになった。目が見えなくなったかわりに、ほかのものを見る能力を得た、と」

「ほんとう？」エレーヴァの声はかすれている。

「ああ。そうとしか説明がつかない。クラゲ状の怪物と接触して、その毒で目がただれたとき、なにかがわたしに乗りうつったんだ。岩山と同じく、べつの世界の存在であることはまちがいない。それは〝次元の橋〟あるいは〝次元トンネル〟を通ってアルキストに送られてきた……いってることがわかるか？　この連絡路がまだ存在していて、わたしはそこからべつの世界を見ているんだ。そこには、説明のつかない脅威がまだ待ちかまえている。スターバルを呼んできてくれ。エレーヴァ、かれに警告しなくては！」

「わかった……すぐに行くわ」エレーヴァはそういうと、ひどく動揺した気持ちを悟られないよう、急いで病室を出た。エレーヴァの話を聞いたローゲン医師は、すぐにサウルのようすをみると約束した。

「きみがエレーヴァに話したのは、いったいどんな映像だね？」医師は病室にはいり、サウルに訊いた。

「信じてください、ドク」と、サウル。「わたしの目に見えるのは……」

＊

憎悪！

この感情がアシャンタチトの内部にたまりすぎて、破裂しそうだった。放出しなければ。そこで、クルメ・クナラーに向かって投げつけた。言葉としぐさによって。

クルメ・クナラー、役たたずめ。おまえたちとは話もできず、けんかもできない。まずくて食うこともできない。おまえたちがこの世にいるのは、なんのためだ？　憎み、殺すべし、と、フェイネン・アットもいっている。フェイネン・アットの意志は法に等しいのだ。

アシャンタチトは声をはりあげ、身振り手振りでしめす。跳びあがっては、またおりる。しだいに高く跳び、熱狂的に翅を振って地面におりたつ。武器を打ちあわせて威嚇するとともに、空中で軸足を武器に打ちつける。大きな音が響く。だが、クルメ・クナラーはいっこうに動じない。

微動だにせず、もちこたえている。一方、高台にいる戦士たちはますます猛《たけ》り狂《くる》い、大胆不敵で挑戦的になっていく。

戦士たちが自制できない状態になっていることに、アシャンタチトは気づいていた。戦いたいのだ。戦わずにはいられないのだ。それを妨げれば、たがいに嚙み裂くことになる。攻撃開始を宣言しなければ。

またしても深淵に向かって乗りだしすぎた戦士が数体、翅をひらひらさせながら下の平原に落ちていく。クルメ・クナラーたちのまんなかに落ちたとたん、化け物どもが動きだす。平原のもみあいが終わったとき、戦士は影もかたちもなかった。のこったのは、食えない装具と武器のみ。クルメ・クナラーたちは、戦士を翅もろとも食いつくしたのだ。

もうがまんならない。

アシャンタチトは、恐ろしい宣戦の叫びをあげると、下の平原に突入した。それは、戦士たちを解放する攻撃合図となった。

クルメ・クナラーを殺せ！

6

イブソン川は、ファラド山脈の懐に源を発し、険しい峡谷を通って南方の台地に流れている。アルキスト・パークはその台地の麓《ふもと》に建設されていた。川はグリーンの丘にそって蛇行し、北方にあるトバル大陸のジャングルにおおわれた平原で消える。

宇宙港はイブソン川に平行につくられたため、四十キロメートルにわたって川を改修しなければならなかった。宇宙港の着陸床はそれだけの長さがあり、おまけに幅も二十キロメートルある。

アルガー・スターバルが上空から見たかぎりでは、ひどい被害とは思えなかった。ただし、宇宙港周辺部に位置する、幾何学的構造を持つ管理棟群と、都市部に向かって直線状にならぶ倉庫のある場所は、地形がすっかり変わってしまっている。それでも、この高度から見ると、アルキスト・パークは美しい都市だ。住居ビルの簡素さは、上空からだと目につかない。

とはいえ、アルキスト・パークの住民二万八千人のかかえる問題を、スターバルは承知していた。スポークスマン、リンデ・ヒーフェンのいいぶんも、多くの点でもっともなのだ。住民の生活の質を向上させるために、なんらかの方策をとらなければ。だが、いまはそのときではない。

スターバルはパイロットに指示を出し、ファラド山脈上空で大きな環を描いてから南にコースをとらせた。地図には、前日に偵察隊が調査した位置がマークしてある。地上にあらわれた土塊のうち、異生物が盛んに活動しているところだ。

そのひとつは、グウェン・コーリンのキャンプ地があった場所と重なっている。グライダー一機がその場所を訪れ、グウェンの生存用ドームが土塊の下敷きになっていると報告した。グウェンの姿はないが、状況から判断して、生存の可能性が高いという。

グウェン・コーリンがキャンプ地をはなれたのはなぜか？　待っていれば救助隊に救われたものを。ジャングル地帯は広大で、探そうにも探しようがない。

グライダーはすでに商館からかなりはなれた地域の上空を飛行し、最初のマーク地点に接近した。スターバルはパイロットに、スピードを落として高度をさげるよう指示をあたえた。

眼下に見えるのは全長二キロメートルほどの土塊で、断面は切りたち、表面がぎざぎざしている。穴がたくさんあり、そのいくつかは貫通していた。

理由については、前日に調査したパイロットから報告をうけていた。土塊に閉じこめられていた奇怪な生物が、大群をなして外に出たときにできたのが、それらの穴らしい。

それらの群れが、いまや周辺地域を脅かしているのだ。動物の死体の残骸がいくつも転がっているのが、上空からも見える。異生物の犠牲となった原住動物の死体とともに、奇怪な生物の死体もあった。

「なんともグロテスクな生物だな」スターバルはいった。竹馬に乗った綿球のような生物の群れが、地上を歩いている。「だが、知性はないらしい」

「そのようです」と、パイロットのクェルト・アバルコが応じた。かれはきのう、調査にくわわっている。「これまでに記録した生物のなかで、知性のしるしが発見されたものはありません。棲みなれた環境から無理やりひきはなされ、異常な行動をとっているようです」

グライダーはふたつめのマーク地点に達した。それはひしゃげた球状の土塊で、直径八百メートル、高さ五百メートル。上部は細くとがっている。やはり無数の穴があり、周囲にはさまざまな形態の生物がうごめいていた。

グライダーが低空飛行で土塊の周囲を数回まわるあいだ、スターバルは写真を撮った。これはのちに、評価用として担当の科学者にまわされる。

そのとき、ジャングルのなかから、ヘビのようなものが揺れながら空中に飛びだした。巨大なイモムシ状の生物で、もっとも高い樹木を五十メートル以上こえており、直径が十メートル近くある。グライダーを獲物と間違えて、捕まえようとしたらしい。

パイロットは衝突を避けようと、最後の瞬間にグライダーを急転回させたのだが、巨大イモムシも揺れて同じ方向に向かった。あわや衝突、と思ったとき、巨大イモムシが割れて無数の個体になった。破裂したように、四方八方に散っていく。驚いたことに、個体のひとつひとつが完全な生命体なのだ。おそらく、獲物を狩るためにひとつの集合体になったのだろう。

個体のひとつがグライダーの機首に強くぶつかり、はじかれて飛び去った。もうひとつはキャノピーにあたり、装甲ガラスにねばねばしたグリーンの跡をのこしたが、すぐに消えた。

ほかの個体はからだをふくらませ、ゆっくりと落下してジャングルに消えていく。二本一対になった脚が胴体からたくさん出ていて、せわしなくもがいている。風船のようにふくらんだ胴体の中央に開口部があり、ぴくぴくと動いているようすは、なんでものみこむ貪欲な口を思わせた。

「なんてことだ！」クェルト・アバルコはグライダーをほとんど垂直に上昇させた。「どこでなにに驚かされるか、わからない。だれがこんなものをよこしたのか、知りたいですね。アルキストを異生物で汚染するなんて、いったいだれのしわざでしょう。見当はついているんですか？」

「この裏にあくどい意図があるかどうか、まったくわからない」

「まったく？」アバルコは驚いて訊きかえす。「わたしにはスプリンガーの妨害工作に見えますが」

「このような大きな土塊を、なかに棲息する生物もろとも、ひとつの惑星からべつの惑星に移動させたのだ。そのような手立てをスプリンガーがそもそも持っているとすれば、もうすこしねらいを定めるだろう。商館本部に命中させたにちがいない。ところが、アルキスト・パークは焦点ではなかった。そのため、敵意をもってねらったとは考えていない」

「つまり、たんなる偶然の産物だと？」アバルコは訊いた。「では、似たような現象があったという、商館のあるほかの惑星はどうなんです？」

「ほかの商館からも、ねらいを定めた攻撃であることをしめすものはなにも見つかっていない」と、スターバル。「自然の物理現象だろうな。同じような原因があるのかもしれないが、偶然の産物以上のものではあるまい」

「宇宙ハンザの地球外拠点がある惑星だけが被害にあっているんですよ。変に思わないんですか？」アバルコが異議をとなえる。

「だれがそんなことを？　近傍で被害をうけた惑星は、ほかにもあるかもしれない。報告する者がいないからわかっていないだけで」と、スターバルは応じた。

「それは考えなかったな。なるほど、一理ある。それにしても、偶然にアルキスト・パークに土塊が落ちたかもしれないわけですね」

「最悪の事態だ」ほんとうに、そのとおりだった。

次のマーク地点では、大きさの異なる土塊が三つ、近接して落下していた。それを見たスターバルは、思わず感想をもらした。

「どこかの惑星の地表をそっくりアルキストに持ってきたようだ」

「うまい表現ですね」パイロットが応じる。「わたしは悲観論者なので、いいそえますと、土塊とけだものたちの故郷には、それらがまだまだたくさんあるはずだ、となります」

グライダーは高度をあげてトバル大陸上空を飛び、マーク地点を順を追って視察した。石灰岩に似た灰白色の土塊が丘のようにそびえているようすは、どこも同じだった。南方に行っても、アルキスト・パーク周辺と変わるところはない。無差別に惑星全体に落下したらしかった。

「商館にもどろう」視察はもう充分だった。知るべきことはすべて見たはずだ。

そのとき、横からなにかが短く光った。低い位置にある帯状の雲を通過しているときだったので、見通しがきかない。それでも、霧のかなたから光の爆発のようなものが見えた。

「なんだ、あれは？」スターバルはパイロットに訊いた。

「ハイパー走査機は反応していません。ということは、あらたな土塊の飛来とは考えられませんね。嵐がくるのでは」

「そうかもしれない。それでも、ひきかえしてくれ。もう一度この地域を確認したい」

アバルコは大きな弧を描いてグライダーをUターンさせた。ふたたび光がまたたく。それが稲妻でないことは、明らかだった。

＊

「わたしたちがここに集まったのは、アルキスト・パークの住民の保安のために商館執行部はなにをするのか、という疑問の答えを得るためです」

リンデ・ヒーフェンは、満足そうに会場内に視線をはしらせた。居住区C＝17＝北の多目的室は、満場ともいえるくらいに埋まっている。この点から見れば、災難にもプラスがあったわけだ。住民が目ざめ、とうとう自主的になったのだから。この居住区で集会をおこなうのは正解だった。ここに住む人々がもっとも大きな被害にあったからだ。ほぼ全員が空中クラゲの襲撃をうけている。数名の常連にならんで、新しい参加者が多数出席していた。

「ほんとうはアルガー・スターバルに疑問をぶつけるつもりでしたが、商館チーフがこれを避け、この件の担当者を派遣してきました。コンピュータ専門家のジャーモ・ヒラードです」

リンデに紹介された痩せぎすの男は、見るからに緊張している。

「ジャーモ、住民の安全を守る自衛団を新しく設置するんだけど、あなたをリーダーと呼んでいいかしら？」と、リンデ。

「いや、それはちょっと誇張した表現だと」ヒラードは答えた。

「どうして？」

「そのような部署は存在しませんから」

「それなのに、保安問題についての疑問に答えるつもり？」リンデは辛辣な質問をたたみかける。

ヒラードは内心ひるんだ。リンデ・ヒーフェンは自分をこてんぱんにへこませる気らしい。彼女について、スターバルがいったことはほんとうだった。なんていやみな女だろう。なんとか大過なく切りぬけられればいいが。

「わたしの任務は、過去に何度かあった脅威から身を守るための、理論的可能性を説明することです」

「なるほど。では、実践上はどうなるんですか？」

「予知警報システムを導入したので、土塊が落下するかなり前に場所を特定できます」

「それが保安にどう役だつのかしら？」

「たとえば、該当地域の人々を避難させることができるし、ビーム・プロジェクターを用意しているので、土塊があらわれるのをねらって対消滅《ついしょうめつ》させられます」

「聞きましたか？」リンデ・ヒーフェンは参加者に語りかける。「ジャーモのいうとおりだとすれば、保安対策がいくらか実施されているようですね。でも、これではまだまだたりません。おそらくみなさんも、いまの説明に満足できず、疑問点がたくさんあることと思います。それでは、ジャーモに質問のある人は？」

リンデ・ヒーフェンの毒舌からあっけなく解放されたのが、ヒラードには意外だった。参加者の質問攻めくらい、ヒーフェンの攻撃の比ではない。一度など、答えに窮したヒラとんどくわらず、ときおり司会者として話をまとめた。ヒーフェンは質疑応答にほードを助けたし、ここ数日の災害が二度と起こらないよう保証してくれと一女性が迫ると、かわりにこう返答した。

「ジャーモは予測結果からある程度の予知ができるだけで、予言能力があるわけではありませんよ」

まもなくリンデ・ヒーフェンは質疑応答を打ち切り、次回は実際の責任者である商館チーフの本心をただすつもりだ、と、結んだ。

参加者が三々五々、会場を出ていく。話しあいの結果に不満らしいつぶやきが、ヒラードの耳にはいってきた。挨拶をして去ろうとすると、リンデ・ヒーフェンに呼びとめられた。

「ちょっと待って。個人的なことで相談があるの」

ヒラードはどぎまぎして、

「用件はなんだね？」

ほかの人々がいなくなるのを待って、リンデ・ヒーフェンはつづけた。

「あなたはコンピュータ専門家よね。だったら商館の通信網にもくわしいでしょう。教えてもらいたいことがあるんだけど。気づかれずに個人回線にはいりこんでメッセージを送りつけるって、可能なの？」

「だれの回線にはいるつもりだ？」と、ヒラード。「それとも、もうやったのか？」

「ばかなこといわないで」リンデは声を荒らげた。「わたしが匿名のメッセージをうけてるの」

「きみが？」ヒラードは思わず、おうむがえしに訊いた。

「なぜそんなに驚くのよ？」ヒラードの反応がリンデには理解できない。

「べつに。わたしが思ったのは……ええと……」ヒラードは肩をすくめた。「忘れた。メッセージって、どんな？」

「いやがらせをする人がいるの。端末で個人回線を使うたびに、愛の告白がスクリーンにあらわれるわ。それが消えてから、やっとつながるのよ」

「そんなことが？」ヒラードは思わず訊きかえす。信じられなかった。それとも、リンデが自分をはめようとしているだけなのか。「いつから？」

「数日前、この惑星で不可解な現象が起きた直後くらいから。そのために機器類が故障したのを、だれかが利用したってこと、あるかしら？」

「その可能性については考えなかったが」ヒラードの顔に笑みが浮かぶ。

「なんで笑ってるのよ？」リンデは嚙みつくように訊いた。

「それはあとで説明するよ。まずは問題を解決しないと。なにかわかったら連絡するから」

ヒラードは急いで帰宅した。アパートメントにつくと、まず端末のスイッチをいれる。予測したとおり、スクリーンに文字があらわれた。

〝ジャーモ、愛してる〟とあるのを見て、ヒラードは笑いだした。これで心のわだかまりは消えた。

リンデ・ヒーフェンが自分にひそかに思いをよせている、と、本気で考えていたのだ。直接打ち明ける勇気がないから、このようなかたちでメッセージを送るのだ、と。しかも、証拠をつかんだと信じていた。逆探知すると、行きついたのはリンデ・ヒーフェンの回線だったからだ。

しかし、どうやら問題をべつの側面から見なおさなければならないらしい。

＊

グウェン・コーリンは、トバル大陸のジャングルでの冒険談を、何度もくりかえし話すはめになった。かれ自身は、アルキスト・パークの出来ごとのほうがはるかに冒険的だと思ったのだが。それでも、原生林のなかにたったひとりでとりのこされ、最小限の機器類で生きのびなければならなかったという話は、とびきり刺激的なのだろう。おまけに、もともと冒険好きのレッテルがはられていたし。

「アルキスト・パークにもどる可能性を失ってジャングルの危険にさらされ、信じられないほどたくさんの異生物に襲われそうになったとき、はじめて不安というものを感じましたよ。ほんとうに恐かった」

この話をするとき、恐怖を感じたことをグウェンはすこしもかくさなかった。自分に対し、人々が勝手に英雄のイメージをいだくのがいやで、それを崩したかったのだ。救助されてアルキスト・パークにもどる途中でスターバルとパイロットに語り、のちにアスカアルグドと同僚たちにも、エレーヴァ・ドレイトンや検査にあたったローゲン医師にも、同じように語った。

「狩猟は大好きだけど、わたしにとってそれはスポーツです。殺さないとこっちが殺される、という状況になると、わけが違う。あれはまさに生存をかけた戦いでした。昼間は沼地に迷いこまないよう、一歩ずつ気をつけて進まなくてはならないし、未知のけだものがどこにひそんでいるか、わかったものではない。なかには、見ても動物とは思えないようなものもたくさんいました。いったいどこの惑星からきたのか、知りたいものだ！　夜は、身をかくす場所を探してもぐりこみました。それでもぜんぜん安心できなくて、とても眠るどころでは……

ですが、もっともこたえたのは、グライダーの音を聞いて救助要請ロケットを発射したのに、機が飛び去ったときです。翌日は、最後のチャンスをふいにしたと悔やみました。すると、ふたたびグライダーの音がしたので、最後から二機めのロケットを発射したんです。だが、エンジン音は遠のいていく。これが、わたしの人生で最悪の瞬間でした。ふたたびエンジン音が聞こえてきたとき、どれほどうれしかったか、だれにも想像できないでしょう。霧が濃くてグライダーは見えなかったが、それでも場所を知らせるために最後のロケットを発射しました。それに気づいたグライダーが着陸するのが、音でわかった。わたしは大声で叫んで助けをもとめました。それでやっとアルガー・スターバルに会えたというわけです……」

「きみは特別な人間だな、グウェン」診察を終えたローゲン医師がいった。「それほど過酷な状況を、健康をそこなわずに切りぬけられる人間はほかにいまい」

エレーヴァから友サウルのことを聞いていたグウェンは、その容態を案じて医師にたずねた。

「心配なのはサウルの精神状態だよ」と、ローゲン。「恐ろしい怪物がアルキストを襲撃しようと待ちかまえている、というんだ。妄想が頭からはなれないらしい。あれでは神経がまいってしまう。〝次元窓〟からべつの世界が見えるんだそうだ。われわれ、そこからの土塊による攻撃をうけているらしい」

「もしかすると、サウルのいうとおりなのでは？　かれに会っていいですか」

「数分間ならかまわない」

友の話を聞いたあと、グウェン・コーリンは、今夜も一睡もできそうにないと思った。安全なアパートメントの一室ですごせることはわかっているのに。サウルの話は、たしかに信じがたいものではあったが、精神に異常をきたした者の妄想には聞こえなかったのだ。

チャイムが鳴ったので出ると、エレーヴァだった。ひとりでいるのが耐えられないので、泊めてくれ、という。ひとりで夜をすごさなくてすむのは、グウェンにとってもありがたかった。

7

予知警報システムのサイレンが鳴りだしたとき、アルガー・スターバルは安堵に近いものを感じた。災害を待ち望んでいるわけではないが、くることを知りながら不安な思いで待つほどいやなものはない。

ほかの大部分のアルキスト・パークの住民と同じく、スターバルもまた眠れぬ夜をすごしていた。時計が〇時をまわり、十月二十日がはじまって二時間ほど経過したころ、サイレンは鳴りだした。

その夜、スターバルはまず、ヴィデオ装置をつけっぱなしにして気をまぎらせた。ふだんならこれで確実に寝つけるのだ。それから寝室を歩きまわっていたが、警報が鳴りだすと同時に、行動にうつった。まるで、このときを待ちかまえていたように。急いで最上階にあたる丸天井のドームに向かう。それは昔の天文観測所をモデルにつくられたもので、反重力放射を使って展望プラットフォームにのぼると、そこからは都市と商館のみごとな光景が見わたせた。

呼吸マスクを忘れたことに気づいたときには、すでに遅かった。だが、もどるつもりはない。数分間ならアルキストの有毒大気を吸いこんでも問題あるまい。

と、いきなりサイレンがやんだ。同時にうなり音がはじまり、しだいに大きくなっていく。スターバルはアームバンド装置でほかの執行部メンバーに連絡をとろうとしたが、つながらない。通信障害だ！　うなりはハリケーンほどになり、さらにはげしく、甲高くなっていく。前回までのような鈍い音ではない。

こんどはいったい、なにがくるのか？

目に見える変化はまだないようだ。

眼下のアルキスト・パークは、なにごともなくひっそりしている。だが、それはうわべだけで、サイレンで浅い眠りから起こされた人々のようすがスターバルには見える気がした。二万八千人の思いは同じ……またくるのか！

空気が停滞し、またしても透明なガラスになったような粘性を帯びる。それは、科学者たちの頭を悩ませる、物理学上の謎だった。

町のあちこちで投光照明がいっせいに点灯した。どぎつい光に照らされて、実用本位の簡素なビルの集まりであることが露呈する。

ある審美家の言葉がスターバルの頭に浮かんだ。その人物はすこし前に商館を訪れ、災害に恐れをなして立ち去ったのだが、アルキスト・パークについて、〝昼間はビルの海、夕暮れは光の海、夜はほんとうの無〟と、表現したのだ。

スターバル自身は、快適な住まいになるよう家を改装していた。リンデ・ヒーフェンもこれを模範とすればいいのだ。商館執行部をたえず批判するかわりに。

金属音に近い轟音《ごうおん》は、ますます高く、ますます強くなり、耳をふさぎたくなるほどだ。スターバルは軽い呼吸困難をおぼえたが、マスクをとってくる余裕はない。町全体が小刻みに震えはじめた。巨大な太鼓を、目に見えない鼓手がたたいているようだ。手すりにつかまって身を支えると、そこからも振動が伝わってくる。

そして、閃光がはじまった。見たこともないほど、みごとな花火だ。住民数名がパニック状態で外に駆けだしてくる。

空全体をおおう雲の上方で最初の光がぼんやりとまたたくと、あとはまさに連鎖反応だった。アルキスト・パーク上空一帯に、連続して閃光がはしる。可視光の全スペクトルにわたる色が、長さも強さもまちまちに、いたるところで光ってはまた消える。色の狂舞といってもいい。

背景で赤がまたたき、地平線のあちこちにむらさき色の弱い光があらわれる。黄色が天を裂き、強烈な白に砕かれて散る。爆発的に町に降りそそぐ色彩の滝。絶え間なくかたちと色を変化させる。スターバルがこれまで目にしたことのない、比類なき光のショーだった。斬新であると同時に破滅的で、高揚させながらも不安をかきたてる。なぜなら、これを見れば、いかに恐ろしいものが背後にあるかが明らかだからだ。それがどのようなかたちで襲ってくるか、まだわからないだけで。

色が分裂しはじめ、実際に裂け目ができていく。ねっとりと重くなった空気が揺れはじめた。空のそこかしこに黒い裂け目ができて、粘性のある液体のようにふくらんでいく。空気は破裂しそうな状態に見える。ビッグバンのような原初の変異が起こるのでは……と、スターバルは思った。

アームバンド装置で執行部メンバーに連絡をとろうとくりかえし試みたが、どうしてもつながらない。コンピュータ・ネットワークが完全に故障したようだ。

だが、こういう場合に対するそなえはととのっているはず。ジャーモ・ヒラードはあらゆるケースに対して非常救助プログラムを整備したという。それによれば、執行部メンバーは綿密に作成した計画にしたがって、物資供給および担当地区に居住する住民の安全確保をすることになっている。そこにはスポークスマンのリンデ・ヒーフェンも組みこまれていた。

スターバルの持ち場は商館本部だが、まだ自宅の展望プラットフォームで動向を観察中だ。アルキスト・パークは、アリの巣を掘りかえしたような騒ぎだった。あわてて衣服を身につけ、外に跳びだした人々が、心配そうに空を見あげている。この世のものではない閃光に満たされた空に、数えきれないほどの黒い裂け目ができている。

スターバルは思った。全住民を避難させなければ！

だが、いったいどこに？

黒い裂け目は震えながらひろがっていく。と、そこからえたいの知れないものが大群をなして地におりてきた。土塊ではない。生物だ！

その一体が、スターバルから数メートルもはなれていない場所で、空中に出現した。翅を持ち、甲冑《かっちゅう》を身につけた生物。巨大な光る複眼を持つ昆虫だ。

それは、翅を動かしながら接近してきた。手にする原始的な刺突用武器で刺すつもりなのか。すると、ふいに前進をやめ、心を決めかねたようにうろうろしてから、環を描きはじめた。

交尾のための結婚飛行に似ている。

巨大昆虫は当初のとまどいを克服して、スターバルの上方から武器で刺してきた。こちらも最初の驚愕を克服し、とっさに制御盤に手をのばしてエネルギー・バリアをオンにする。雨や有毒大気を遮断して家を守るバリアだ。

巨大昆虫はエネルギー・バリアにまともにぶつかり、はねかえった。そのとき、腹をたてた昆虫の姿がはっきりと観察できた。

武器は斧と槍を兼ねたハルバードに似ていた。頭にヘルメットのようなものをつけ、からだはブロンズ色の物質でできた鎧《よろい》につつまれている。

姿かたちはテラに棲息するトンボによく似ていたが、成人と同じ大きさなのだ。

怒り狂った昆虫がエネルギー・バリアに体あたりすると、スターバルは思わずびくっとした。こんどは昆虫はもちこたえられず、からだを曲げて落下していく。苦しげに翅を震わせる音につづいて、道路に落下する鈍い衝突音が響いた。

巨大昆虫数体が編隊をつくり、自分めがけて飛んでくるのを見ると、スターバルはスイッチを押してドームを閉ざし、階下へ向かった。

商館本部に行き、防衛の指示を出すのが急務だった。そのうちにハイパー地震がやんでコンピュータがふたたび機能するはずだ。そうなれば、ほかのメンバーと通信回線で連絡をとりあえるようになる。

発射準備のできたパラライザーを装備したとき、職員に配布した武器をカセルクがまだ回収しなかったのは幸運だった、という考えが頭をよぎった。

＊

メインストリートでは、大勢の人々がくっつきあうように立ち、天空にくりひろげられる光のショーを見守っていた。てんでに話す声が飛びかう。大惨事が起こる、と、口々にいいあっている。

それでも、なにが起こるかは、だれにも見当がつかない。

メインストリートの上空がふいに暗くなり、翅のあるなにかの大群が空から振ってきた。

なんと、それは巨大な昆虫の群れだった。甲高い悲鳴があがる。

「動物ではないぞ!」だれかが叫ぶ。「武装しているではないか」

「もし、ここまでこようものなら」ひとりの女がそういいながら、コンビ・ブラスターの安全装置をはずした。「熱い出迎えが待っているんだから」

巨大昆虫の群れは、翅を動かしながら空中にとどまっている。女が武器をかまえて発射すると、ビームをうけた二体が回転しながら降下。人々のまっただなかに落ち、袋だたきにされた。

人々は数歩後退し、闖入者《ちんにゅうしゃ》の死体をながめた。複眼は虚空を見つめ、透明な翅は折れている。

「武装はしているが、切ったり刺したりの原始的な武器だな」と、一エルトルス人がいった。かれは闖入者をこぶしの一撃で倒していた。「やつらは戦士だ!」

「なんと気味の悪い軍隊だろう」と、アラスの男。震えがひどく、パラライザーを両手でやっとつかんでいる。「こいつらをわれわれのもとに送ったのは、いったいだれなのか?」

「わたしが思うに、この昆虫、われわれと戦うことになるとは知らなかったのだ」と、

—アルコン人がいった。「だから、われわれと同じくらい驚いた」

「それでも襲ってきたではないか！」

巨大昆虫が大挙して降下してくると、人々は散った。

「発射！」かけ声が何度もあがる。

パラライザーとエネルギー銃による一斉射撃が、巨大昆虫を迎え撃つ。麻痺状態となって路上に落下するものもあれば、エネルギー・ビームにより即死するものもいる。

それでも数体は弾幕を通りぬけて、原始的な武器を人々に向けた。激怒した巨大昆虫が翅を鳴らす音と、負傷した人々の苦痛の悲鳴が混じりあう。まったく異なる生物どうしが対峙《たいじ》する不気味な戦いだ。武器という点では住民のものがはるかにすぐれているのに、巨大昆虫はすさまじい戦意でそれを補っている。

「屋内にもどれ！」状況をいちはやく見ぬいた者が大声で呼びかけた。「戸外で白兵戦をしたのでは、野蛮な戦士の群れに対して勝ち目はない。建物で身を守るんだ」

「全住民に！」と、道路に設置されたスピーカーから声が響いた。「こちらはジャーモ・ヒラードです。やっと非常回線がつながりました。個人的な通信で回線を妨害してはなりません。執行部および緊急救助隊のメンバーは、所定の位置につくこと。商館執行部メンバーは、定期的に通信を。住民は屋内に避難し、バリケードを築くこと。孤立せず、数人でまとまって行動すること……」

甲高い遠吠えが大気中に起こり、スピーカーの声はとだえた。空に亀裂が幾重にもはいり、その〝次元亀裂〟から不気味な軍隊が出てきた。数えきれないほどの巨大昆虫が、翅音《はおと》をたてながらアルキスト・パーク上空を飛び、しだいに降下してくる。

人々はあわてて建物に駆けこみ、侵入されないよう守りをかためた。路上に人の姿はなくなった。そこへ、巨大昆虫の大群が着地し、町は占領された。翅をすりあわせる音と武器を打ち鳴らす音が、アルキスト・パークを満たす。

未知の宇宙空間からきた軍隊による商館包囲が、こうしてはじまった。

＊

閃光のやまない空に次々と黒い裂け目ができて、巨大昆虫の軍隊がはてしなく吐きだされてくる。

状況を把握したカセルクは、すばやく部下を集め、装甲地上車が待機する格納庫にたてこもった。負傷者はふたりだが、深い刺し傷で出血している。早急に医療ステーションに運んで処置する必要があった。

戸外では、何百体もの巨大昆虫が、建物の壁や扉を武器で打ちつけている。

「宇宙港の敷地内にいたのでは、なんの役にもたたない」カセルクが指示をあたえる。

「利用可能な地上車で町に出てはどうか。この生物がいったいなにをもくろんでいるのか、わからない。外部は包囲させておいて、町の防衛に集中しよう」

格納庫の屋根に衝突音がとどろいた。巨大昆虫はここにも着地し、建物に侵入しようと武器をくりだしているのだ。

カセルクは部下を装甲車七両に分乗させ、自分は同胞のジェルヒムとともに八両めに乗りこんだ。

「ジェルヒム、建設中の高速道路に乗りいれてくれ」カセルクが指示を出す。「アスカアルグドは、なにがあろうと持ち場をはなれないといっていた。おそらく孤立しているだろう」

ジェルヒムは運転席に乗りこみ、先頭を切って装甲車をスタートさせた。格納庫の扉が開くと、巨大昆虫の軍隊がなだれこむ。ジェルヒムは最大価で加速した。ところが、車輌が勢いよく接近してくるのに、襲撃者は一歩もよけようとしない。衝突するかと思った瞬間に、かれらは翅を振り動かして宙に浮き、装甲車をやりすごした。よけきれなかった数体は、車輛の下敷きとなった。

「やつら、まともに飛ぶことはできないみたいですね」と、ジェルヒムがいった。

そのとき、左右から二体ずつ、昆虫戦士が装甲車に飛びかかり、フロントガラスを原始的武器で打ちつけてきた。

カセルクは思わずよけそうになったが、すかさず装甲に電流を流す。襲撃者は衝撃をうけ、車輛からはなれた。これでじゃまものはなくなった。ジェルヒムは、未完成の新高速道路に車輛を向けた。カセルクはテレカムでアスカアルグドに連絡をとったが、雑音が聞こえるばかりでつながらない。

「くそ、いつまでつづくんだか！」回線が回復しないということは、巨大昆虫戦士たちを吐き出す次元の橋がまだ存在しているということだ。

この軍隊は、いったいどこからくるのか？　また、だれが送りだしているのか？

数体の巨大昆虫が装甲車の屋根におり、車体が大きく揺れた。ジェルヒムはジグザグ走行して二体を振りおとしたが、ペリスコープで見ると、まだ三体が屋根にしがみつき、武器で装甲をついている。とうとう、ペリスコープがこわされてしまったので、カセルクはエネルギー・ビームで追いはらった。その後は襲撃をうけることなく、高速道路に達した。

「なんだ、あれは？」カセルクは思わず叫んだ。「あっちにやってくれ、ジェルヒム」

一団の巨大昆虫が集まり、武器でなにかをたたきつけている。車輛が猛スピードで近づくのを見ると、すぐに向きを変えて襲撃してきた。倒すべき敵と思ったようだ。

「ストップ！」カセルクは命じた。

車輛が停止すると、戦士の群れがいっせいに襲いかかってきた。すべてが装甲に触れるのを待ってから、高圧電流を流す。昆虫はからだをはげしくひくつかせて武器を落とし、路上で苦痛に身をくねらせている。カセルクは安全装置をはずしたブラスターを手にとり、車輛から跳びおりると、巨大昆虫が集まっていた場所に駆けよった。

それは落下した浮遊機の残骸で、なかにアスカアルグドが閉じこめられていた。「よもや救助されるとは思わなかった」アコン人はショック状態にあるようだ。「いずれ、あの野獣に侵入されただろうから……」

「もう考えないほうがいい」カセルクは相手の言葉をさえぎった。「いま助けだしますから」

「あぶない！」

アスカアルグドの叫び声にカセルクがすぐさま振り向くと、目の前に昆虫戦士がいた。炎のかたちをした槍を高く振りあげ、いまにも打ちおろそうとしている。と、そのとき、戦士は背後からエネルギー・ビームをうけて倒れた。

「わたしが援護します！」車内からジェルヒムの声。

カセルクはふたたび浮遊機の残骸に向きなおり、ブラスターを何度か発射して操縦室の溶接部分を分解する。そのあいだにアスカアルグドは事故のいきさつを語った。

「武装集団に襲撃されると気づいたので、すぐに用意してあった浮遊機に乗り、商館本部に向かったんだ」アコン人の声は無気力に近い。「ところが、離陸していくらもたたないうちに、目の前に昆虫が数体あらわれて衝突し、浮遊機は墜落した」

浮遊機の操縦室に人が通れるくらいのまるい穴ができると、アスカアルグドは壁に足をかけてのぼり、外に出た。カセルクとともに装甲車に乗りこむ。車輛はアルキスト・パークに向かった。

反撃をうけた戦士たちは、激怒して翅を鳴らしている。

「今回は、クラゲ来襲のときの被害程度ですみそうにないな」とは、アスカアルグドの状況評価だ。「あの巨大昆虫は知的生物であるうえに、武装している」

「われわれのほうが戦力ははるかに上です」と、ジェルヒム。

カセルクはなにもいわなかったが、いくら武器の性能がはるかにすぐれていても、商館防衛に成功しなければ役にはたつまい、と考えていた。

*

クルメ・クナラーに死を！

アシャンタチトは、翅に風をうけながら平原に向かっておりていく……憎き敵に向かって。じつに醜く役たたずで、うまくもないやつらなのだ、あのクルメ・クナラーは。

アシャンタチトは、すでに敵のすぐ近くまで達していた。恐るべき熊手状の腕の、もっとも細かい分岐まで見わけることができる。かれの鋭い目には、敵のざらざらした皮膚の荒いしわまで、よく見えた。

クルメ・クナラーを殺せ！

アシャンタチトの憎悪ははげしくなっていく。動かずに立っている相手に向かって、武器を振りあげた。やつらには目がないので、近よってくるものは見えない。だが、感覚が鋭いため、食えそうな獲物がくればわかるのだ。

いまだ！

かまえた武器を打ちおろす……が、ねらった場所にはなにもなかった。

クルメ・クナラーは消えていた。平原もろとも消えた。アシャンタチトは即座に上昇をはじめた。下方には割れ目だらけの土地がひろがっている。

ここはどこだ？

憎悪と憤怒のせいで、目がほとんど見えない。感覚器官が悪さをしているのか？　すっかり絶望したアシャンタチトは、自分のからだを打ちまくる。と、そこへ苦痛に満ちた翅の音。どうやら同胞がそばにいるらしい。

下にあるのは、いったいなんだ？　これまで見たこともない光景である。おや、峡谷のなかでなにかが動いた。異種の生命体がせわしなく動いているようだ。

戦闘可能な敵らしい。

攻撃せよ！　勇敢な戦士たちよ、あそこの生物を殺せ。クルメ・クナラーの家臣にちがいない。なんであろうと、あれは敵なのだ。

いずれにせよ、フェイネン・アットの敵であるはず。ならば、われらにとっても敵。なぜなら、あのように醜いイモムシのような存在をフェイネン・アットがたたえるのを、戦士たちは聞いたことがないのだから。

であるからには、敵なのだ。

戦闘準備！　下降！

だが、戦士たちの一部は、アシャンタチトほどすばやく自制心をとりもどせない。一部のものは、二度ととりもどせなかった。武器を振りあげる前に、飛んできた熱い閃光にあたって死んだから。

それでもアシャンタチトの戦意はすこしも衰えをみせない。戦士たちの死によって、かえって煽《あお》られたのだった。

8

サウルは見た。人間大のトンボが降下するのを。かれらはブロンズ色の甲冑をつけ、奇妙な斧や槍を持っている。その大きな複眼に凝視されると、穴があきそうな気がする。ゆっくりと、しかし威厳も優雅さもなく、からだをはげしく震わせ、細い腕で武器を振りまわしながら平原におりてくる。戦うためにやってきた戦士たちだ。かれらが対峙する敵の感覚器官を通して、サウルはそのようすを見ている。

あぶない、ぶつかる、と思ったとき、戦闘トンボの群れがふいに消えた。最前列の戦士たちが消えると同時に、何千という数の戦士があらたに姿をあらわすのだ。はてしなくつづく隊列。何千、何万という数の戦士たちが、見えない門にのみこまれて消える。とうとう最後の隊列となり、最後の一体が消えた。

そこでサウルの幻覚は終わった。

鋭い悲鳴をあげる。

周囲の暗闇を通して物音がした。医療ロボットの足音だ。

「おちついてください、サウル」ロボットの合成音声がいった。

「スターバルを呼んでくれ。商館チーフに忠告するまではおちついていられない。なんだ、これは？」

床がはげしく揺れている。遠くからなにやらざわめく音がして、しだいに大きくなっていく。サウルには、それの意味するものが理解できた。

「やつらがやってくる！」サウルは叫んだ。

だが、身を起こすよりも先にロボットに鎮静剤を注射され、興奮はおさまった。ブロンズ色の甲冑をつけた獰猛《どうもう》なトンボのことで頭がいっぱいで、なにも考えられない。かれらは人間を殺すためにきたのだ。

昆虫戦士があらわれ、消えるのを見た。そのあと見えなくなったということは、アルキストに襲来したということだ。サウルにはそれがわかっていたが、なにもできずに横たわっていた。

周囲の闇、そして物音。人々がせわしなく動き、泣き声や嘆き、苦痛の叫びが聞こえる。サウルにはなにも見えないが、戦闘トンボとの戦いで負傷した人々が運ばれてきたのだろう。

医療ステーション内の喧噪《けんそう》はますますはげしくなり、苦痛を訴える叫びがとぎれることなく聞こえてくる。鎮静剤の効き目がしだいに薄れ、サウルの頭は混乱しはじめた。

目が見えないので、ひとりではなにもできない。せかせかと通りすぎる足音、命令する声がとどろく。

「発射！」

「全力で防御せよ！」

「気をつけろ！　うしろだ！」と、危険を告げる声。

エネルギー銃のうなり。武器がぶつかりあう音。乾いた木の葉《こ は》が風でこすれる音……いや、違う。〝トンボの翅がすれあう音〟だ！　コオロギの鳴き声にも似ている……すぐ近くから聞こえる……さらに近づいてくる。

金属がたがいにぶつかる音。昆虫の細い脚が床を打つ、せわしない足音。熱い息が顔にあたり、翅が鳴ったと思うと、いきなりはげしい動きを感じた。

サウルは叫びながら、ベッドの反対側に身を投げた。その瞬間、なにかがベッドを強く打った。エネルギー・ビームのうなりと、重いからだが床に落ちる音。

「サウル、だいじょうぶか？」

ローゲン医師の声だ。興奮している。

「わたしのいうとおりだったのでは？」サウルはそういい、ベッドに手をかけてからだを起こした。

「ほんとうにきみの説明どおりになった」と、ローゲン医師。

「わたしには、もうなにも見えません。ということは、あらたな敵がくることはないでしょう」

「すでに充分な数だよ」と、医師は応じた。「アルキスト・パーク周辺だけでも五万体はくだらない。商館は完全に占拠された。過酷な戦闘になるだろう」

「それなのに、わたしにはなにもできない。仮の視覚器官でもいいから手術してもらうべきでした」

医師は、エネルギー銃を持った手でサウルの肩を軽くたたいた。

「この戦闘が終わったら、目の移植をするよ。心配しなくていい」

＊

あれは、目ざめだったのか！

最初、グウェン・コーリンはまだジャングルのなかにいるのだと思った。ところが、エレーヴァ・ドレイトンが目の前にいたのだ。職場の同僚である美しい女が、神に創造されたままの一糸《いっし》まとわぬ姿で、からだを神経質に震わせている。しばらくしてから、彼女はやっと自制心をとりもどし、グウェンの強い言葉にしたがって衣服を身につけた。

グウェンは大型狩猟ブラスターをつかみ、エレーヴァは小型銃をもつ。建物がいりくんで建つ界隈では、グウェンの重兵器よりもずっと使い勝手がいい。

「あなたが命令して」と、エレーヴァ。「わたし、なんでもいうとおりにするから」

グウェンはうなずいた。

ふたりはアパートメントを出た。同じ居住区の住民とともに戸外に達したとき、さしせまる危険がどのようなものであるかをはじめて理解した。

「医療ステーションに行かないと」と、エレーヴァ。「サウルがわたしを必要としている」

だが、グウェンはひきとめた。サウルは最高の介護をうけているから、きみが行かなくてもだいじょうぶだ、と。

トンボに似た戦士たちが襲いかかってくる。

「ここにいてはいけない！」グウェンは、建物にもどるよう住民たちに指示をあたえた。

「わたしたちも戦うわよ！」ひとりの女がグウェンの手を振りはらった。母親の寝巻のすそをしっかりと握ったまま泣いている、幼い子にかまいもせずに。

巨大昆虫戦士に向けて発射。数体が倒れたが、大部分は無傷で着地し、猛々しく襲いかかってきた。最初の死傷者が出ると、アルキスト・パークの人々はパニックにおちいり、てんでに逃げだした。

グウェンは最後までのこり、逃げる人々の背後を守った。とっさの行動だったが、その意味に気づいたとき、膝が震えだした。

グウェンはもともと好戦的な性質ではない。直感的に行動しただけだ。だが、いまや自分自身の勇気に驚愕していた。

「かれはグウェン・コーリン。〝密猟者〟というニックネームで呼ばれているの」と、エレーヴァは人々に紹介した。グウェンが居住区にもどって安全を確保したときのことだ。「命が惜しいのであれば、この人の命令にしたがうことよ」

それを聞いてグウェンは腹がたった。自分は軍隊の指揮官ではない、と、はっきりいってやりたい。だが、住民たちの尊敬と感謝のまなざしを見ると、がっかりさせる気にはなれなかった。

「グウェン、われわれ、なにをしたらいい？」

「命令してくれ」

人々が口々にいう。グウェンはかれらに、入口と窓をすべて閉め、破られそうな部分があればバリケードを築くよう指示をあたえた。

「反重力リフト、非常口、通気ダクト、地下交通網への連絡口をすべて封鎖するんだ。昆虫戦士は原始的だが、知性はある。力ずくで武器を振りまわしても侵入できないとわかれば、ほかの手を考えるだろう」

グウェンはエレーヴァと協力して居住区の防衛をととのえる。やがて、広域連絡用チャンネルが回復し、執行部は持ち場にもどるようにとの指示が出された。グウェン・コーリンは商館本部に出頭するよう命じられた。

もよりのヴィデオカムから商館本部を呼びだすと、コンピュータ専門家のジャーモ・ヒラードが応じた。

「なにか用ですか?」と、グウェン。

「商館の防衛にきみの力を必要としているんだ」

「わたしは兵士ではありません」

「アルキストは軍事拠点ではないので、防衛隊を即席で組織することになる」と、ジャーモ・ヒラードは、「コンピュータが真っ先にあげた防衛担当候補者がきみなのだ」

「そのコンピュータは狂ってますよ」

「ときどきおかしいこともいうが、きみに関しては正しい判断だと思う。急いでくれ。ここではきみが必要なんだ。唯一の英雄だから」

ヒラードの言葉に嘲笑が混じっていないか? やれやれ、と、グウェンは思った。〝英雄〟と呼ばれるのが気づまりでしかたない。たったひとりでジャングルを踏破しようとしたとき、自分がみじめな意気地なしであることがわかったからだ。

居住区の人々はグウェンをとりかこみ、ぶじに商館本部に到着することを祈る、といって、肩をたたいた。グウェンは、自分の狩猟好きに対する人々の陰口を思いだした。〝密猟者というのは冷酷だな。表情ひとつ変えずに動物を殺すんだ。良心の呵責《かしやく》すらないらしい。ローゲン医師の診断はさておいて、精神状態にどこか異常があるのではないか。動物を殺す者は、人の命もおろそかにするのでは……〟

グウェンは、押しやられる格好で地下トンネル網入口まできた。同行するというエレーヴァの申し出をありがたくうけいれ、彼女の小型銃と狩猟ブラスターを交換する。ふたりがトンネルにはいると、入口はふたたび封鎖された。

「商館の存続はあなたひとりの手にかかっているのよ」と、エレーヴァ。それに対してグウェンはほんとうのことをいいたくなったが、おさえた。

＊

目的地に達するには地下トンネルを使うのがもっとも早いと考えたアルガー・スターバルは、地上グライダーで人気《ひとけ》のないトンネルを商館本部に向かった。だが、読みは甘かったらしく、いきなり目の前に巨大昆虫の群れがあらわれた。巨大昆虫は、スターバルがわき道にそれるより先に行く手をはばみ、グライダーを武器でたたきはじめた。結局スターバルはグライダーを捨て、きた道を急ぎ足でもどるほかなかった。接近した昆虫を武器で倒しても、すぐにべつのが襲ってくる。

ふいに、第二の群れが前に立ちはだかった。多数の昆虫が密集しているので、道を切り開いて進むのは不可能だ。そこで、近くにあったドアから側道にはいり、すばやく閉じて施錠した。その空間にはほかに出口がないと、気づいたときには遅かった。

金属をはげしく打つ音が聞こえてくる。怒り狂った巨大昆虫がグライダーを破壊しているのだろう。数体が槍でドアを打ちつける。頑丈なドアとはいえ、壊されるのは時間の問題だった。

外から救助がこないかぎり、命が助かる見こみはない。もしかすると通信網が再開したかもしれないと思い、アームバンド装置に手をのばす。だが……ない。巨大昆虫と戦っているときになくしたらしい。

万事休す。昆虫はなおもドアをがんがん攻撃していた。すでに大きくへこみ、蝶番《ちょうつがい》ががたついている。いまにもはずれそうだ。

生きのびる望みはもうない。そのとき、音をたててドアが崩れおち、昆虫が開口部に殺到した。スターバルはパラライザーをたてつづけに発射。小型武器しか携帯していないのが悔やまれた。これでは一時しのぎにしかならず、いくらもしないうちに大群に踏みつぶされることは目に見えている。ところが、昆虫の群れがじきにとだえた。

開口部の向こうで戦闘らしき物音がする。周囲に注意しながら開口部の外をのぞくと、巨大昆虫が地上車一両を襲っていた。乗っているふたりは屈することなく、エネルギー・ビームの扇状放射で対抗している。

グウェン・コーリンとエレーヴァ・ドレイトンだ。グウェンはスターバルに気づき、すぐに車輛を発進させた。昆虫戦士の群れの隙間につっこんで、接近してくる。

車輛がそばまでくると、スターバルはすばやく跳び乗った。グウェンはすぐに加速。猛り狂った昆虫戦士が武器を投げつけたが、命中しなかった。

「グウェン、きみに命を救われた」スターバルは安堵して、「どうやってこの礼をしたらいい?」

「英雄と呼ばないでくれればいいですよ」と、グウェンは応じた。

＊

「ダビデとゴリアテの伝説を知っているか?」ジュプ・コレインは周囲を見まわしたが、話を聞いている人はいないようだ。

アスカアルグドはジャーモ・ヒラードとともに主コンピュータに向かい、故障の原因を調べている。カセルクはその横で攻撃用武器の在庫を確認中だ。ほかの人々はスクリーンの前にすわっていくつかの地区と連絡をとり、防衛についてのアドヴァイスをあたえていた。

「それ、わたしたちの状況といったいなんの関係があるの?」と、リンデ・ヒーフェン。特定の作業を担当してはいないが、そこかしこで首をつっこんでは、人々の神経を逆なでしている。「そんな話はいいから、役にたつことをしなさいよ」

「じつは、解決法があるかもしれないんだ」コレインはリンデの棘のある言葉に動じることなく、スターバルに目を向けた。商館チーフはいらだったようすでハイパーカムの前に立ち、通信士をせっついている。

「まだハンザ司令部とつながらないのか？」と、同じ質問をくりかえしながら。

「太陽系まで三万四千光年近くあるんですよ」通信士は答えた。「通信を直接つなぐルートはありません。中継ステーションの障害復旧に時間がかかっていまして」

「緊急度レベル1の状況なのだ」スターバルはそういうと、通信士が返答するより先に、「二千ヵ所ある商館のいくつかが同時に緊急通信を試みているかは、聞かなくてもわかるがね」

通信士は適当に聞き流して、

「障害をもうひとつ、克服しました。まもなく通じるはずです」

スターバルはしきりと軸足を変えた。アルキスト・パークでは、いたるところで巨大昆虫との戦いがくりひろげられている。すでにかなりの損害が出ており、襲撃者に奪取された場所もある。蛮人のごとき異次元生物がアルキスト・パークを占拠しているというのに、ハンザ司令部と連絡がつかないとは！

そのとき、秘書の声が耳にはいった。

「グウェン、きみは地球史に興味があるそうだな。だったら知っていると思うが、原始的種族の争いでは、首領どうしの決闘によって決着をつけたんだ」

「そうですか？」グウェン・コーリンはまったく関心をしめさない。

「昆虫戦士は野獣の群れだ。だから、首領はだれで、どんな地位にあるか、戦士たちとどういう関係にあるかを……」

「ハンザ司令部とつながりました！」通信士がいうと、スターバルはすぐに場所を交代させ、すわるより先に報告をはじめた。

「アルキストよりハンザ司令部へ。商館の状況報告。事態は切迫しています。緊急度レベル1！」

「こちらハンザ司令部、ペリー・ローダンだ」スピーカーからおちついた声が響く。スターバルは一瞬、言葉を失った。ペリー・ローダンがじきじきに通話をうけるとは予想していなかったから。

「ハンザ司令部よりアルキストへ！　聞こえるか？」

「は、聞こえます」スターバルはすぐにわれにかえった。「こちらでは例の現象がまた起きています。前よりもはげしく、またそのやり方も変化していますが、状況は緊迫し、絶望的です。土塊の飛来はなくなりましたが、無生物のかわりに、とんでもない数の生物が送られてきました。甲冑をつけ、武器を持った戦士たちが。たまったものではありません。すでに損害をこうむり、死者すら出ているのです！」

「順を追って話してくれ」と、ペリー・ローダン。「最新報告によると、アルキストはクラゲに似た生物の襲来をうけたそうだが、この問題はすでに解決したと聞いている。ということは、あらたな災《わざわ》いが発生したのか？　であれば、順序よく報告してもらいたい」

アルガー・スターバルは頭のなかで内容を整理し、巨大昆虫戦士の襲来開始から現在までの状況を説明した。

「昆虫戦士軍団の飛来がストップしたため、われわれ、かろうじて状況を維持しています。ただし、似たような現象が今後さらに起こることが予想されます。その原因はまだつきとめていません。じつのところ、救援を期待していたのですが、ペリー・ローダン」

「被害にあっている商館はアルキストだけではないのだ」ローダンは応じた。「ハンザ司令部でも対策を進めているが、まずは状況を把握しなければならない。だが、約束しよう。被害をこうむった商館のいずれかを、まもなく訪れるつもりだ。〝目〟を使えば瞬時に移動できる。ただし、遺憾ながら、いつになるか特定することはできない」

それを聞いてスターバルは落胆した。ローダンは地球外拠点のどこかを訪れるというだけで、アルキストにくるかどうかすらわからないのだ。

「では、それまではどうすればいいのですか？」スターバルは訊いた。

「ツナミ・ペアをそちらに派遣する。特務艦隊ツナミは知っていると思うが」

「ツナミ艦なら耳にしたことはありますが」スターバルは奇妙な感じをおぼえた。ツナミ艦を派遣することの意味がわからない。だいたい、この特務艦隊についての知識はほとんどなかった。噂には聞いていたが、肯定的な連想が浮かばない。理由ははっきりしないものの、不気味に思われたのだ。

「まもなく《ツナミ36》と《ツナミ97》がアルキストに到着する」ふたたびローダンの声。「この二隻は先ほどテラをスタートした。そちらであらたに起こった問題の解決にあたるだろう」

スターバルが礼をいうと、ローダンは、アルキスト・パークの住民救助のために最善をつくすと確約した。通信はそこで切れた。

「ペリー・ローダンとの会話に満足していないようですね」エレーヴァ・ドレイトンが背後から声をかけた。

「ツナミ艦か……」スターバルは小声でくりかえす。「二隻が出動するというが、われわれを救出しにくるのだろうか。あるいは、ペリー・ローダンが惑星アルキストの拠点を放棄したということか？」

「ジュプ、そんなことは考えるな！」どこからかグウェン・コーリンの声が聞こえてくる。「ばかげた考えだし、わたしには向かない。わたしは戦士ではないから」

「どうしたのだ?」スターバルが口をはさむ。話題を変えるのは歓迎だった。

「ジュプがおもしろいことを思いついたんですよ」と、カセルク。「昆虫戦士の親玉とグウェンが一騎打ちするべきだ、と。グウェンが勝てば……勝利は確実だとわたしは考えていますが……やつらはおそらく士気を失って逃走するだろう、と」

「なるほど」スターバルがうわの空でいう。「ダビデとゴリアテの戦いというわけか」

「わたしはやりません!」と、グウェンが応じた。

9

目的地である球状星団M－13は、太陽系からほぼ三万四千光年の距離にある。アルコン星系までは八十七光年と、かなり近い。アルコン人種族との通商関係を強化するために選ばれた場所なのだ。

ちいさな青色恒星アルクスの第二惑星アルキストが持つ特殊な意味も、そこにある。ただし、銀河商人スプリンガーとの熾烈な競合にさらされてはいるが。

《ツナミ36》の艦長ガルガン・マレシュは、エルトルス人の有力者であり、徹底的かつ誠実に任務を遂行する。艦がテラを出発すると、マレシュはさっそくアルキストについての情報を集めた。

アルキストは直径一万七千五百キロメートル、重力一・一Gの惑星で、平均気温は摂氏二十九・五度と、かなり高いほうだ。豊かなジャングルがあるのもそのためだろう。三つの大陸はアヴィス＝タル、ポラクス、トバルと呼ばれる。北半球にあるトバル大陸は温帯にあたり、ここに宇宙ハンザの拠点が築かれていた。

アルキストの一日は二十六・七時間。大気には多種のガスが混じっているため、酸素呼吸生物はマスクを必要とする。マレシュにとって好ましい状況とはいえないが、宇宙船をはなれなくてすむかもしれない。ツナミ艦艦長としての任務はべつのところにあるからだ。

とはいえ、今回の任務は、アルキストにある商館に到達し、惑星に発生した現象を調査せよというもの。その調査を僚艦の乗員にまかせることはできないだろうか、とも考えた。ATGフィールドを装備したツナミ艦の艦長であるマレシュは、この装置のない、いわゆる〝奇数艦〟に対してある種の特権を持つ。《ツナミ97》は奇数艦だ。

しかし、マレシュはそれ以上、考えなかった。そのときがくれば、正しい方法がおのずとわかるであろう。

アルキストについての情報は可能なかぎりすべて入手してある。惑星の動植物相や、商館設立にいたる過程など。こうした情報は問題解決の助けにはなるまいが、それでも、救助にあたる相手を知ることは重要だ。

さらには、惑星の過去の歴史が関連しているかもしれないと考慮し、艦載コンピュータにその趣旨の計算をさせたが、結果はネガティヴだった。

この問題について、マレシュはコントラ・コンピュータでも解答を得ようと試みた。だが、シガ星人のココ判読者、ラッソ・ヘヴァルダーの抵抗をうけたのだ。

「ココはおもちゃではありません」と、ヘヴァルダー。「たしかにコントラ・コンピュータはつねに反対の前提から出発して計算し、あらゆる予測を疑問視し、もっとも可能性のなさそうな結果を有効とします。ですが、惑星の過去に原因をもとめるようなばかげた考えは、ココにとっては時間のむだというもの。いいですか、ハンザ商館のあるほかの惑星でもアルキストと同じ現象が起きているのですよ、艦長。お得意の、図形の魔術にたよったほうがいいのでは？」

マレシュはシガ星人のあてこすりをうけいれた。かれが幾何学パターンに関する実験をしていることは事実だから。さまざまな位置関係から多くのことを読みとれると考えている。ただし、それは魔術などではなく、れっきとした学問なのだ。

「すでに考慮ずみだ」と、答えたとき、居あわせた者たちがにやりとしたのに、マレシュは気づかなかった。「それでわかったのだが、被害にあった各商館のあいだには、強い結びつきがあるようだ」

「その見えない絆《きずな》とは、いったいどのような？」と、訊いたのは、ATGの女専門家、ベリル・ファンセだ。猫のヘザーの濃いグレイの毛をなでている。

「ふむ。被害にあった商館はすべて、銀河辺縁部にある」

「その事実なら、艦載コンピュータによりとっくに知られていますが」さげすみをふくむ声でハンス・ハルセンがいった。ハイパー物理学者であり宇宙戦略家のハルセンが不機嫌なのは、めずらしいことではない。

「それについてはわかっている。だが、幾何学パターンによると、全体を支配する結びつきがある」

「その結びつきがセト＝アポフィスという名であることは明らかです」と、シガ星人のラッソ・ヘヴァルダーがすかさず大声を出す。「図形の魔術やコントラ・コンピュータにうかがいをたてなくても、それくらいはわかる。セト＝アポフィスについてこれまで聞いたことを統合すれば、あの超越知性体のしわざと考えざるをえません」

「おそらく、だれもが同じ考えだと思いますが？」ハンス・ハルセンは艦長のほうを向き、挑むような口調でいった。マレシュがなにもいわないので、ハルセンはさらに、

「といっても、限定される点があります。アルキストをはじめとする商館に攻撃をしかけたのはセト＝アポフィスだとしても、われわれが戦う相手は超越知性体ではなく、その手先でしょうね」

「あら、聞き捨てならないこと！」と、皮肉をこめていったのは、エプサル人のル・マロンだ。彼女はときどきマレシュの肩を持つが、それは乗員が冗談半分に結束して艦長に対抗するときにかぎられていた。ル・マロンのこのような態度は、オクストーン人の宇宙心理学者ドルウトによれば、宇宙船内の雰囲気向上に大きく貢献している。「われらがチームの大戦略家であるハンスは、セト＝アポフィスについて明白な意見を持って

いるようね」

ハンス・ハルセンは無言で司令室をあとにしたが、かれが気を悪くしたわけではないことは、全員が知っていた。

「この現象が、ある宇宙勢力によるアルキストへの攻撃だということを、当該惑星の商館チーフすら知らないんですよ」ベリル・ファンセの声が沈黙を破る。ヘザーは喉を鳴らしながら背中をつきだした。ファンセが床におろすと、猫は立ち去った。「効果的な対策を講じず立ち往生しているのも、そのためかもしれません。うまく協働するためには、攻撃の背景について商館チーフに情報をあたえる必要があるのでは」

「目的地に達してからでよかろう」ガルガン・マレシュが決定をくだす。「すでにM-13の周辺ゾーンにはいっているのだから」

探知機によると、先行する《ツナミ97》はすでにリニア空間を出て、インターヴァルのため、通常空間に復帰している。《ツナミ36》はそれにつづいた。

アインシュタイン連続体にもどったのと同時くらいに、《ツナミ97》から通信連絡があった。双子艦によると、正体不明の未知物体を探知したという。

＊

密航者であるイホ・トロトにとって、この球型艦は不気味に思われた。

最初イホ・トロトは、《ツナミ36》の司令室を襲って艦を乗っとるつもりでいたが、やがて考えを変える。

発見される危険のない場所に身をかくし、ぜったいに安全だと確信したときにかぎり、艦内偵察に出かけた。

そうするうちに、奇妙な点がいくつかあることに気がついた。この球型艦は、直径二百メートルのスター級で、うわべはテラ級重巡洋艦の進化版に見えるが、実際には違っている。重兵装はいっさいそなえておらず、そのかわりにカムフラージュ用装備が多数搭載されているのだ。

この艦の目的は、部外者に知られてはならないらしい。それにしても、どのような用途の艦なのか？

ほかにも理解に苦しむ点がいくつかある。ひとつは、四十人ほどしか乗っていないこと。要員としてそれで充分なのだろうが、ほかに機動人員はいないのか？　テラ級重巡洋艦であれば、通常は四百人を擁するというのに。

やがて、わかってきたことがあった。このツナミ艦がＬＦＴ艦隊において特別な位置を占めていること。不気味に感じるのもそのためだ。

というのも、イホ・トロトの自我は、かれひとりのものではないから。未知の力がそこにいて、本人のものではない意志を強制している。

この外部からの強制はいつも同じ力ではないが、トロトの行動を決定していて、抵抗すると強まる。だれかがトロトを目的地に導こうとしているのだ。

トロトを動かしているのは、ある場所に向かい〝デポ〟を訪れよ、という意志である。そのためには、だれにも見つからないよう身をかくさなければならない。

トロトは、〝デポ〟に到達するために、全力を投じる必要があった。

＊

グウェン・コーリンは、おろかにも口車に乗せられた。

「きみはみんなのホープなのだ」と、アスカアルグド。「きみにはリスクを冒すことなくわれわれを救う能力がある」

用意された戦闘服を身につけるグウェンに、同僚が手を貸す。装備をととのえると、コンビ・ブラスターを手わたされた。

「剣に対してブラスターとは。フェアといえますかね？」と、グウェンがいうと、カセルクは、

「安全な場所に身をひそめながら狩猟区にいる野獣を撃つのは、これよりフェアといえるのか？」と、応じる。

グウェンが反論しようとすれば、このような非難が返ってくるのだ。

「それとこれとは関係ない」と、グウェンがいえば、

「そんなこと、どうでもいいの。あなたはやるしかないんだから」と、エレーヴァ・ドレイトンが応じる。「あとは外に出て、昆虫戦士の首領との一騎打ちをお膳だてするだけ。そして、相手をやっつける」

「敵の首領がわかったぞ」グウェンとともに出口に向かいながら、ジャーモ・ヒラードがいった。「群れをひきつれてエランド・ガーデンにこもっている。首領の武器に方位探知機をとりつけたんだ。といっても、遠隔操作を使ってだが。昆虫戦士と肌が触れあうほど近よる勇気はないんでね」

「それはわたしも同じですよ」と、グウェンがいうと、周囲で笑いが起こった。冗談だとうけとられたのだ！　困難をきわめる戦闘を前にしながらユーモアを失わないとは、じつに勇敢な男だと思われたのだろう。「方位探知機をとりつけるくらいなら、ミサイルを撃ちこめばよかったのに」

「一対一で首領を倒すのが重要なのだ」と、ジュプ・コレインが応じた。「戦士はこの種の一騎打ちしか理解できない。敵のひとりが自分たちの首領より強いとわかれば、戦意は完全に萎える。われ先にと逃げだすだろう……」

「そうならなかった場合は？」と、グウェン。これは考えさせられる点だった。

「きみを新しい首領とみなす可能性もあるかもしれない。蛮人の考えることはわからな

いからな。もし、きみが首領として仰がれることになったら、ハーメルンの笛吹きの要領で群れを沼に誘いこめばいい」

「そこでやつらが目をさましたら？」

一行はHÜバリアで遮蔽された出口に到達した。

グウェンは足をとめた。理論的には、あともどりする可能性はまだある。が、同僚たちがそうさせないことは目に見えていた。救いの英雄、それがわたしの役割なのだ！

HÜバリアが消えると、グウェン・コーリンはヘルメットを閉じた。

「われわれはきみとともにいる」ヘルメットの受信装置からアスカアルグドの声が響く。あのアコン人、司令センターにのこって指示を出せばいいのだから、気楽なものだ。

「勝手に決めやがって」グウェン・コーリンはつぶやき、開かれた門から外に出る。門はすぐにふたたび閉じた。自分にこんな役割を押しつけた人々を一生許すものか。だいたい、一騎打ちがうまくいくとは考えられない。昆虫戦士についてなにも知らないではないか。名誉に関する規範や士気についても、ヒエラルキーや社会構造についても。

戦士のひとりを捕らえて、情報を搾《しぼ》りとるべきだった。だが、もう遅い。

グウェンが外に出たとたん、昆虫数体が立ちあがって槍をかまえ、翅をひらひらさせながら向かってきた。自分は首領と一騎打ちにきたのであって、下《した》っ端《ぱ》を相手にする気はないのだが、おかまいなしだ。しかたなくブラスターを発射した。

「上出来だ」アスカアルグドの声が受信装置から響く。「その調子でやれ、グウェン」

死をものともせずによってくる昆虫戦士が、エネルギー・ビームをうけて次々と倒れる。炎が壁のようになったため、ちぎれたり焼《や》け焦《こ》げたりした個々のからだが見えないのはさいわいだった。それらの上方を、グウェンは反重力フィールドで移動し、方位探知シグナルのくる方向に急速に接近していく。

昆虫戦士の首領は、いきなりグウェンの目の前にあらわれた。そのからだはほかの戦士たちより大きく、ずんぐりとして強靭《きょうじん》な印象をあたえる。シグナルの発信元であることはまちがいない。

「決定的瞬間が訪れたぞ」アスカアルグドの声。司令センターのモニターで一部始終を追っているのだ。「戦士の威圧行動に注意すること。そいつはきみをたんにやっつけようとはしない。決闘によって倒すつもりだ。思うぞんぶんに戦わせ、それにつきあうのだ。そうすれば何千という昆虫戦士がショーを見にやってくる」

「了解。そちらでもショーとやらを見物してください、部長」

グウェン・コーリンは防御バリアのスイッチを切った。昆虫戦士の持つ原始的な武器に対しては、バリアはどのみち用をなさない。これまで、槍による攻撃をうけて負傷せずにすんだのは、戦闘服の装甲のおかげだった。

「醜い昆虫め、かかってこい！」グウェンは敵対者に向かって大声で呼びかけると、両腕を大きく振りまわした。

昆虫戦士の首領は翅を鳴らして武器を振りあげる。いまにも打ちかかってくるかまえだ。グウェンはコンビ・ブラスターの発射ボタンに指をあてた。が、そのとき、首領の背後からべつの昆虫戦士があらわれ、武器を力いっぱい振りおろした。翅を傷つけられた首領はすっかり威厳をなくし、みじめな姿で決闘場をあとにした。

グウェンはあらたな敵対者と向きあうことになった。相手は一瞬もためらわずに襲ってくる。グウェンは、五歩の距離まで近づいたところで発射。昆虫は核の炎によって消滅した。

「やったぞ、グウェン!」アスカアルグドの興奮した声が響く。「いまや、きみが首領であることを、見せてやるのだ!」

そのとき、グウェンは背中に一撃をうけた。脊椎《せきつい》を打ち砕かれたと思うほどの音がしたが、破壊したのは反重力装置で、いきなり地面に落下することになる。

ふたたび背中に一撃をうけ、そのままうつぶせに倒れた。からだをまわして上を見ると、一昆虫戦士が上からまさに襲いかかろうとしている。グウェンはコンビ・ブラスターをかまえようとしたが、戦士は武器でそれを打ちはらい、すかさず武器を振りあげた。とどめを刺そうとしているのだ。

さっき昆虫戦士の首領になにが起こったのかを、グウェンはふいに悟った。一騎打ちに応じた首領が背後から襲われて翅を傷つけられたとき、かれらの奇妙な戦闘規範に気づくべきだった。闇討ちした戦士をブラスターでやっつけた自分が、こんどはやられようとしている。昆虫戦士の奇妙な首領選定法の犠牲になって。

こんな危険な行為をひきうけるとは、おろかしいもいいところではないか。英雄あつかいされて悪い気はしなかったが、そのおかげで死に追いやられるのだ。いまになって、みんな気づいただろう、わたしが英雄でも戦士でもなかったことに。それとも……名誉の戦死によって真の英雄となるのか？

無意味な犠牲だ。ツナミ艦の救助隊が、その役割はまだわからなくても、まもなく到着するはずなのだから。やがてはペリー・ローダンその人も訪れるはず。かれらの到着を待つべきだったのだ……

それが、グウェン・コーリンの最期の思考だった。次の瞬間、昆虫戦士の剣が恐るべき力で振りおろされた。

10

「これは、いったいなに？」と、メイ・キャロルがいった。司令室のスクリーンにうつしだされたのは、光をはなつ奇妙な物体。一同の目が、スクリーンに釘づけになる。球状星団M-13の空間を、巨大な光る物体が占めているのだ。

「即刻、姉妹艦に報告せよ」

《ツナミ97》の艦長サン・シエンが指示を出す。サン・シエンはアジア圏出身の小柄なテラナー。二十四歳のかれは、ツナミ特務艦隊における最年少指揮官のひとりだ。

「探知結果はどうですか、サンシャイン？」エルトルス人のサマーズ・クリーランドが、司令室に足を踏みいれると同時に艦長に質問した。クリーランドは三十二歳。機関士をつとめるほか、艦内の雑用をひきうけていた。機長のニックネーム〝サンシャイン〟はサン・シエンをもじったものだが、シエンがいつもほほえんでいるからでもある。

だが、巨大な未知物体を目にして、シエンの顔からも笑みが消えた。

「詳細はまだわからない」

「具体的な位置測定は不可能ですね」探知士が艦長に説明する。「肉眼による観察にたよるしかない。物体は巨大ですが、大きさを特定することができません。物質走査機からも、エネルギー走査機からも、数値が出てこない。物体までの距離すらつきとめられないのです。まるで、この連続体に属さないかのように」

「《ツナミ36》から交信」と、通信士が告げた。

「ガルガン・マレシュと話したい」と、いって、サン・シエンはインターカムに向かった。スクリーンに《ツナミ36》艦長であるエルトルス人の、三日月形の髷《まげ》にかこまれた顔がうつしだされた。

「あの物体について、これまでに判明したことは？」と、ガルガン・マレシュがたずねる。「そちらはわれわれより先に到着したので、すでにいくつかの情報を手にいれているのでは？」

「先行したメリットはないようだ」サン・シエンは曖昧《あいまい》な笑みを浮かべた。「物体をいくら観察しても、情報は得られなかった。かたちはレールにも似ているが、それ以上はわからない。探知機からも値《あた》いが得られないのだ」

ガルガン・マレシュは顔を横に向けた。だれかと話をしているらしい。

「サンシャイン、きみのいうとおりらしい」と、マレシュがいった。「こちらの探知機も同じ状態だ。そこで、個人的な意見を聞かせてほしい」

「この物体がM‐13近傍に位置することは、意味があるように思われるが」

「位置するのではなく、M‐13に向かって進んでいるのだ」と、ガルガン・マレシュ。

「移動していることが確認された。だが、きみのいうとおり、ポジションについては考慮の余地がある。つまり、この現象がアルクス星系で起こっている事件に関係すると考えているのだな？」

「空間的・時間的にこれほど近いところで起きているふたつの異常現象が、たがいに無関係であるとは考えられないので」サン・シエンは答えた。

「このことをテラに報告する。関連性があるかもしれないことにも言及するつもりだ」

と、いい、マレシュは交信を終えた。

＊

ペリー・ローダンの頭に、精神生命体〝それ〟の言葉がよみがえった。宇宙ハンザの設立にあたって、行き先がどこであろうと好きなように移動できるようになる、と、いわれたもの。もちろん、〝目〟による無間隔移動のことだ。瞬時にして遠距離を克服し、宇宙ハンザの地球外拠点をいつでも訪れることができる卓越した技術に、ローダンはこれまでのところ満足していた。だが、いまは事情が違う。複数の場所を同時に訪れることが要求されているのだ。

災害に見舞われたアルキストおよびほかの商館からの救助要請がしだいに緊迫化しているにもかかわらず、そのうちの一カ所を訪れることがなかなかできない。

最初の打撃は、キウープによるヴィールス実験がもたらした事件。つづいてイホ・トロトの暴走と、ブルーク・トーセンの問題。その合間にジェン・サリクから、ノルガン・テュア銀河の惑星クーラトを訪れてほしいとの要請をくりかえしうけた。ケスドシャン・ドームにおける深淵の騎士の任命式のためだ。

そこへ、アルキストに派遣したツナミ・ペアからの報告がはいった。M-13に巨大な〝レール〟が出現し、探知機による測定も不可能だという。ガルガン・マレシュの観測によると、この未知物体はアルキストで起きている現象と関係があるのではないかということだった。

ペリー・ローダンがこの報告をうけとったとき、ジェン・サリクが姿をあらわした。また同じ要請をくりかえすのかと危惧するローダンに、サリクは考えこみながらいった。

「それで思いだしたことがあります。テラに帰る途中、M-13近傍を通過したときのこと。かなり遠方からですが、あるものを観測したのです……」

「それは聞いていないぞ」ローダンが言葉をさしはさむ。「きみが困った話はいろいろ聞いた。死んだクイリレイネンのこと、長時間の飛行が退屈でたまらなかったこと。だが、M-13における観測結果については報告がない」

「わけがあって、しなかったのです」と、サリク。「あのときは、見たものすべてが幻覚だったのではないかと考えるほど、思い悩むことがありまして。それに、報告に値いするとも思えませんでした。ですが、いまツナミ艦からの報告を聞いて、あれには意味があったのでは、と」

「なにを見たのだ?」

「スクリーンにうつった映像は不鮮明だったため、細部は見きわめられませんでしたが」サリクは語った。「最初に見えたのは動きだけです。やがて、奇怪な構造物がたくさん集まっていることがわかりました。見たこともない奇妙なものでしたが、宇宙船と考えるほかありません。それらはすべて、巨大な光る物体のまわりを動いていました。宇宙に漂う角材のような物体でしたが、ツナミ艦からの報告にしたがうなら、レールといってもいいかもしれません。それはとてつもなく大きく、金色に光っていました。数分後には、亡霊であるかのように映像が消え、そのまま忘れていたのです」

「報告をおこたったことで、きみを非難するわけにはいくまい」と、ローダン。「当時その話を聞いても、なんの意味も見いだせなかっただろう。だが、いまや事情が違う」

「報告では、物体の性質について言及がありませんが、ほかに情報は?」

「ない」ローダンは答えた。「これから現場で詳細な情報を集める。即刻《ツナミ36》艦内に移動し、アルキストのようすを探ることに決めた」

「では、ほかの件については？」と、ジェン・サリクが訊く。

ローダンは、ベルトにつけた〝目〟のケースをこれ見よがしにつかんだ。

それが、ローダンの答えだった。

＊

「サウル、グッドニュースだよ」ローゲン医師が病室にやってきた。

「じゃ、グウェンは決闘に勝ったんですね？」

「もっといい知らせだ。臓器移送船が到着した。数分後には搭載艇が医療ステーションの屋上に着陸する。きみの目がくるのだ。きょうのうちに移植手術をするつもりだよ」

「グウェンは？」

医師は答えない。

「グウェンは、どうなったのです？」

「悲しいことだが、サウル、きみの友は亡《な》くなった」

＊

「事情が判明した」ジャーモ・ヒラードはリンデ・ヒーフェンに話しかけた。「嘘のような話だが、ほんとうのことだ」

「じらさないで話してよ」リンデは機嫌が悪い。「匿名の愛の告白がだれのしわざか、わかったんでしょう？」

「ああ、だけど……」

「それなら教えなさいよ！　恥知らずの名前がわかったら、ただじゃおかないんだから！」

「それが、ちょっと違うんだ」ジャーモ・ヒラードはうしろめたそうに、「きみの回線にだれかが悪意で侵入したわけではないんだよ。じつは……」

「もういいわ！」リンデはヒラードの言葉をさえぎった。「わかってるんだから。好色漢のしわざよ！　そんなことをする者は、ローゲン医師に診療してもらえばいいのよ」

「医師はこの場合、関係ないと思う」と、ジャーモ・ヒラード。「これまでいわなかったが、じつはわたしも匿名の愛の告白をうけとっていたんだ。しかも、送り主はきみの場合と同じだった」

「だれなの？」

「最初、わたしはきみが送ったと考えていた。笑わないでくれ。れっきとした理由あってのことだ。逆探知したら、きみに行きついたんだから」

「まさか！　ますます、わけがわからないわ」

「きみが同じものをうけとっていると知ったとき、あらためて調査して、真の送信者をつきとめた。商館コンピュータだよ」

「そんなこと、ありえない！」信じられなかった。「そんなつくり話をするのは、なぜ？　だれをかばってるの？」

「ほんとうのことだよ」ジャーモ・ヒラードがいった。「いいか、最初のメッセージがとどいたのは、惑星で不可解な現象が起こったころだと、きみはいったね。わたしの場合も同じだった。ハイパーエネルギー性爆発がコンピュータ・ネットワークに支障をあたえることは知られている。障害個所はすべて直したと思ったんだが、ひとつ見おとしていた部分があったらしいんだ。その、障害ののこったコンピュータが、われわれの縁結びを考えついたのさ」

「どうしてそんなことに？」リンデ・ヒーフェンは理解することができなかった。「やっぱり、たちの悪いだれかの冗談としか思えないけど」

「そうじゃない」ジャーモ・ヒラードはきっぱりと否定した。「コンピュータはきみのデータもわたしのデータも記憶している。サイコグラムに短所や長所など、ネガティヴなものもポジティヴなものもふくめ、すべてのデータを。だから、かんたんな計算によって、きみもわたしもそれなりに孤独な身の上だということをはじきだしたわけだ。どのような計算をしたのか再構築はできないが、事実はのこっている。つまり、きみとわたしがくっつけば、どちらも孤独でなくなると結論したわけだ」

「そんなばかな!」リンデの口から叫びがもれた。「でも、あなたのいうとおりかもしれないわね。商館コンピュータが仲人役だったなんて! おかしくてたまらないわ」

「ほんとうに」

ふたりは声をたてて笑いだした。

「そういうことだ」と、いって、ヒラードは腰をあげた。

「わかったわ。それから、ありがとう」

「なにが?」

ふたりはつかのま、向きあったまま無言で立っていた。いうべき言葉が見つからないまま。沈黙が耐えがたくなると、ジャーモ・ヒラードはわれに返った。

「じゃ、わたしはこれで」

そういって立ち去り、リンデ・ヒーフェンはひとり、とりのこされた。

＊

〝事態は膠着《こうちゃく》している〟

アルキスト・パークの状況を簡潔にあらわせば、そうだった。商館の建物のほとんどが要塞の様相を呈《てい》し、人々は籠城している。町の大部分は昆虫戦士に占拠されていた。商館の重要な施設については、住民によってすべて守られていたが。

あらゆる手段を動員して戦えば、昆虫戦士を打ち負かすなり、居住区から追いはらうなりできるにちがいない。相手がいかに好戦的かつ攻撃的といえども、宇宙ハンザの持つ技術には歯がたたないのだから。

だが、戦闘になれば、いかなるレベルで戦おうとも、味方の喪失はまぬがれない。それを避けるため、戦闘行為は回避し、防衛のみに限定するよう、アルガー・スターバルは指示を出した。

「むだな犠牲を出すことはあるまい。まもなくツナミ艦が到着するのだから、それから指示を仰げばいい」

それは賢明な態度だった。

だが、スターバルがそう考えるようになったのは、グウェン・コーリンが戦死してからだ。このようにみると、〝密猟者〟の犠牲もあながちむだではなかったのかもしれない。もっと大勢の死者が出たかもしれないのだから。

いずれにせよ、商館執行部は待機戦略をとることに決め、その状態が維持されている。昆虫戦士はエネルギー・バリアや遮蔽物を武器で乱暴につき、そのために多数が死亡していた。また、ポジション争いで仲間どうし殺しあうこともたびたびだった。かれらは戦うために生まれてきた戦士なのだ。

状況安定に貢献したもうひとつの事実は、あらたな昆虫戦士が送りこまれていないことだった。実際、十月十九日の夜を最後に、不可解な現象は一度も起きていない。

アルキスト・パークの生活は、徐々に通常にもどりつつあった。ただし、昆虫戦士の群れのせいで生活範囲はかぎられていたが。

アスカアルグドは高速道路増設にふたたびとりくみ、ジャーモ・ヒラードはハイパーエネルギー性爆発によるコンピュータ・ネットワーク障害の復旧にあたっている。カセルクは貨物担当責任者にもどり、いつの日か宇宙港に自由な星間交通が復活するときにそなえて、計画をたてはじめた。

アルガー・スターバルはスポークスマンのリンデ・ヒーフェンと、以前よりさらにはげしくやりあっている。

戸外ではなおも昆虫戦士が槍を研《と》いでいるものの、アルキスト・パークの日常は、ほぼもとどおりになった。

それでも、だれもがひそかな不安をいだいていた。あらたな恐怖がアルキスト・パークを襲うかもしれないという……

あとがきにかえて

シドラ房子

ペリー・ローダン・シリーズ翻訳の依頼をうけたのは今年の三月。一九六一年から毎週刊行され、現在もつづいている……そのような、驚くべき世界一ものがドイツにあったとは、恥ずかしながら知らなかった。わたしはスイス中部に住んでいるので、さっそく近所のキオスクで訊いたら、最新号の雑誌《ヘフト》がほんとうにあったので感激した。スイスというと、わたしの年代の女性なら『アルプスの少女ハイジ』を思い浮かべるかもしれない。実際、友人から「あれ、山のなかに住んでいるんじゃないの？」といわれたこともある。が、それは誤ったイメージなのだ。

ご存じの方も多いと思うが、時計をはじめとする精密機械や医薬品といった分野でスイスは世界をリードしている。スペースオペラに距離の近いものというと、マクソン・モータという企業かもしれない。同企業の〝DCモータ〟は、アメリカ航空宇宙局（N

ASA）が所有する火星探査機の駆動装置として、すでに何度も使用されている。スイスという、九州とほぼ同じ面積の小国が、宇宙航空分野で世界的に活躍していることを聞いて、意外に思う方もいらっしゃるかもしれない。

この場を借りてぜひ紹介したいスイス人がいる。ベルトラン・ピカールという、科学者・冒険家・精神科医だ。ベルトランも、実はペリー・ローダンと多少、関係がある。かれの父ジャック・ピカールはNASAの依頼で潜水艇を設計したため、ベルトランは少年時代の数年間をフロリダ州ケープ・カナベラル近郊で過ごした。そして、複数のアポロ計画を身近に体験しているのだ。つまり、ペリー・ローダンのモデルとなった、一九六〇年前後のアメリカ人宇宙飛行士たちと交流していたのだ。かれは名家の子息なので、アメリカ大統領の息子とならんで最高の席で、宇宙船スタートを何度も見学した。

ちなみに、祖父オーギュスト・ピカールは物理学者で、二十世紀前半に開かれた重要な物理学会議に、アルベルト・アインシュタインやマリー・キュリーらとともに参加した。そして一九三一年には、水素気球で成層圏に到達している。つまり、当時、人類でもっとも高い場所に到達した人だ。父ジャックは、オーギュストの設計した潜水艇でマリアナ海溝に潜った。それにより、かれはもっとも深い場所に到達した記録を持つ。

ベルトラン・ピカールという名前は知らなくても、業績の一部を聞いたことがある方は多いかもしれない。というのも、かれは〝ソーラー・インパルス〟という太陽エネルギーのみで飛ぶ小型飛行機を開発し、二〇一五年三月に世界一周に出発した。そして、六月初旬に天候不順のため、名古屋に緊急着陸したからだ。着陸許可がおりるのを待ちながら上空を旋回するソーラー・インパルスを見て、UFOと思い、通報した人もいるらしい。結局、旅客機の発着が終わった夜になって、航空交通量のすくない小牧空港に着陸を許可された。ただし、このときパイロットを務めたのは、ベルトランではなく、パートナーのアンドレ・ボルシュベルクだった。

ベルトランは、ハンググライダー曲技飛行ヨーロッパ・チャンピオンのタイトルも持つ。その後、気球による初の無着陸世界一周飛行に成功している。

気球は駆動装置も操縦システムも備えておらず、風に百パーセント依存して進む。それでどうして世界一周ができるのかと不思議だが、高度を変えることにより、方向の正しい気層を見つけて進むのだ。与圧カプセルを使い、バーナーを炊いて球皮内のガスをあたためることにより、最高で一万二千メートル近くまで上昇することもある。もちろん地上では、数十人からなるチームが針路を厳密にコントロールしており、ここには気象学者も含まれる。なにしろ、当時はリチャード・ブランソンやスティーヴ・フォセットを含む、アメリカとヨーロッパのパイロット多数が、世界一周一番乗りをねらって熾烈な競争をくりひろげていたのだ。その多くは、スタートしては途中挫折をくりかえしていた。ベルトランも、成功したのは三度目の挑戦だった。かれのライバルは、屈強の気球乗りばかり。しかし、かれらは失敗しても、その原因を解明せずにまた試みる、ということをくりかえしていた。

二度目の失敗のあと、ベルトランはカプセルを改良し、熱効果を高めてガスの使用量を減らすために球皮の素材や構造を変えた。準備には何カ月もかかる。その間にライバルたちが次々とスタートし、もう無理だ、と何度も思ったそうだ。それでもかれが多くの強豪を破って一番乗りになれたのは、すぐれた装備のためばかりではない。かれは、ほかのチームと違い、気象学者をふたり起用した。ひとりであれば、ひとたび計測を誤れば、そこで飛行は終わるからだ。また、精神科医でもあるかれは、催眠法のテクニックを学び、飛行中に自己催眠により短時間で深い休養をとることができた。なにしろ最低でも二週間はかかる空の旅だ。周囲が騒がしくて眠れないことも多い。睡眠不足のために過労状態となり、判断を誤れば致命的なミスを犯しかねないのだ。

気球はとても友好的な乗り物で、どの国を飛んでも、低空におりれば人々は笑顔で手を振ってくれる。趣味で気球パイロットをしている友人がいて、わたしもスイスとミャンマーで何度か乗せてもらったことがある。ミャンマーでは、大勢の子供たちが走ってついてくることもあるし、開けた場所に着地すると、人々がどっと寄ってきて、大変な騒ぎとなる。三人乗りの小さな気球でも、球皮の高さは十五メートルはある。もちろん大きさはいろいろで、ベルトランが世界一周したときのものは、約六十メートルだった。

佐賀で毎年〝インターナショナルバルーンフェスタ〟が開催され、世界中からパイロットが集まる。友人も毎年参加していた。かれはいまも現役のパイロットだが、佐賀参加は息子に譲った。息子マークはスイス・ナショナルチームのメンバーなのだ。とはいえ、父親もこれまでに二度、熱気球パイロットのスイス・チャンピオンになっている。マークによると、日本にはとても優秀な気球パイロットがたくさんいるそうだ。

ベルトラン・ピカールは、〝気球パイロットのように生きること〟という独自の人生哲学を展開している。気球パイロットは、風に百パーセント依存する。それでも、高度を変えて適切な気層を選ぶことにより、進みたい方向に進むことができ、やがては目的地に達する。人生においても、実は自由はかぎられている。両親にしろ生育環境にしろ、選ぶことはできない。わたしたちの持つ自由は、そのなかで適切なときに適切な選択をする自由だ。人生において高度を変更するには、バラストを落とさなければならないこともある。それは、それまで守ってきた習慣かもしれないし、大事にしてきた宝ものかもしれない。それでも、人生をうまく生きるには、高度を変更する勇気を持たなければならない。それが気球パイロットの自由なのだ……とベルトランは説く。

マークにその話をしたら、目を輝かせて聞いてくれたのが印象的だった。気球パイロットが人生哲学に組みこまれたことは、かれにとっても新鮮だったようだ。いい添えるなら、マークにとっても父親の場合と同じく気球は趣味で、かれは世界各地に支社を持つ多国籍企業のCEOなのだ。

おもしろいことに、気球は空を飛ぶものなのに、ドイツ語では「飛ぶ」を意味する「fliegen」ではなく、電車や自動車が「走る」を意味する「fahren」を使う。日本語に訳せば、「飛ぶ」と書くほかないのだが。パイロット仲間でもときどき「fliegen」と失言することがあって、その場合は、仲間全員にドリンクをおごらなければならないそうだ。

ベルトランは、少年時代、宇宙飛行士になりたいという夢を持っていた。当時の大スターであるNASAの宇宙飛行士たちと交流し、いくつものアポロ計画を身近に体験したのだから、当然のことかもしれない。だが、やがて自分の将来を選択する段階になったとき、かれはこう考えた。人間が宇宙でできることは、すでにしてしまった。これまでの宇宙飛行士はパイオニアだったが、今後は科学者だ、と。

結局、かれが精神医学の道を選んだのには理由がある。

高校生くらいの年齢でケープ・カナベラルからスイスのローザンヌにもどったとき、人生のもっとも輝かしい部分はもう終わってしまった、と思ったという。それも想像にかたくない。退屈きわまりない学校生活を、耐えがたいながらも耐えていたころのことだ。当時まだ新しいスポーツだったハンググライダーに出会った。危険だからという両親の反対を押し切って、トレーニングをはじめた。金属バー数本と帆布でできた、簡素なつくりのハンググライダー。最新技術を駆使した宇宙船の対極のようなもので、メカニズムはない。頼れるのは、感覚とからだの動きだけ。百パーセントの集中力を要する。そのような極限状況のもと、かれは飛行中にすばらしい精神の高揚を感じた。それは、生きることへの原動力となり、麻薬中毒者のように飛行にのめりこんだ。かれのさまざまな記述を読むと、実際に中毒の一種としか思えない。飛行中の精神高揚のおかげで退屈な毎日に耐えることができたという。そのようにして常に自分の心と向き合ううち、人間の心の深みを研究したくなったそうだ。

ベルトランの人生に大きな影響を与えた、NASAの有人宇宙飛行計画から、壮大なスペースオペラ、ペリー・ローダン・シリーズは生まれた。すでに数十年つづいているこの企画に参加させていただくことを、とても光栄に思っている。このシリーズを支えているのは、史上最強の編集チームであることを、初回ですでに実感した。ストーリーの展開がますます楽しみだ。

ロバート・A・ハインライン

夏への扉
福島正実訳

ぼくの飼っている猫のピートは、冬になるときまって夏への扉を探しはじめる。永遠の名作

宇宙の戦士〔新訳版〕
〈ヒューゴー賞受賞〉

内田昌之訳

勝利か降伏か——地球の運命はひとえに機動歩兵の活躍にかかっていた！　巨匠の問題作

月は無慈悲な夜の女王
〈ヒューゴー賞受賞〉

矢野徹訳

圧政に苦しむ月世界植民地は、地球政府に対し独立を宣言した！　著者渾身の傑作巨篇

人形つかい
福島正実訳

人間を思いのままに操る、恐るべき異星からの侵略者と戦う捜査官の活躍を描く冒険ＳＦ

輪廻の蛇
矢野徹・他訳

究極のタイム・パラドックスをあつかった驚愕の表題作など六つの中短篇を収録した傑作集

アーシュラ・K・ル・グィン&ジェイムズ・ティプトリー・ジュニア

〈ヒューゴー賞/ネビュラ賞受賞〉
闇の左手
アーシュラ・K・ル・グィン/小尾芙佐訳

両性具有人の惑星、雪と氷に閉ざされたゲセン。そこで待ち受けていた奇怪な陰謀とは?

〈ヒューゴー賞/ネビュラ賞受賞〉
所有せざる人々
アーシュラ・K・ル・グィン/佐藤高子訳

恒星タウ・セティをめぐる二重惑星——荒涼たるアナレスと豊かなウラスを描く傑作長篇

〈ヒューゴー賞/ネビュラ賞受賞〉
風の十二方位
アーシュラ・K・ル・グィン/小尾芙佐・他訳

名作「オメラスから歩み去る人々」、『闇の左手』の姉妹中篇「冬の王」など、17篇を収録

〈ヒューゴー賞/ネビュラ賞受賞〉
愛はさだめ、さだめは死
ジェイムズ・ティプトリー・ジュニア/伊藤典夫・浅倉久志訳

コンピュータに接続された女の悲劇を描いた「接続された女」などを収録した傑作短篇集

たったひとつの冴えたやりかた
ジェイムズ・ティプトリー・ジュニア/浅倉久志訳

少女コーティーの愛と勇気と友情を描く感動篇ほか、壮大な宇宙に展開するドラマ全三篇

ハヤカワ文庫

訳者略歴　武蔵野音楽大学卒，独文学翻訳家　訳書『名もなきアフリカの地で』ツワイク，『ヌードルの文化史』ナイハード，『オーケストラ・モデル』ガンシュ他多数

HM=Hayakawa Mystery
SF=Science Fiction
JA=Japanese Author
NV=Novel
NF=Nonfiction
FT=Fantasy

宇宙英雄ローダン・シリーズ〈511〉

アルキストの英雄《えいゆう》

〈SF2042〉

二〇一五年十二月二十日　印刷
二〇一五年十二月二十五日　発行
（定価はカバーに表示してあります）

著　者　H・G・フランシス　エルンスト・ヴルチェク
訳　者　シドラ房子《ふさこ》
発行者　早川浩
発行所　株式会社早川書房
郵便番号　一〇一－〇〇四六
東京都千代田区神田多町二ノ二
電話　〇三－三二五二－三一一一（大代表）
振替　〇〇一六〇－三－四七七九九
http://www.hayakawa-online.co.jp

乱丁・落丁本は小社制作部宛お送り下さい。
送料小社負担にてお取りかえいたします。

印刷・信毎書籍印刷株式会社　製本・株式会社川島製本所
Printed and bound in Japan
ISBN978-4-15-012042-9 C0197